Nous remercions le ministère du Patrimoine canadien,
la SODEC et le Conseil des Arts du Canada
de l'aide accordée à notre programme de publication

  Patrimoine Canadian
canadien Heritage

 Conseil des Arts Canada Council
du Canada for the Arts

ainsi que le gouvernement du Québec
– Programme de crédit d'impôt
pour l'édition de livres
– Gestion SODEC.

Nous reconnaissons l'aide financière
du gouvernement du Canada
par l'entremise du Programme d'aide au développement
de l'industrie de l'édition (PADIÉ) pour ce projet.

Illustré par :
Claude Thivierge

Montage de la couverture :
Conception Grafikar

Édition électronique :
Infographie DN

Dépôt légal : 3e trimestre 2010
Bibliothèque nationale du Canada
Bibliothèque nationale du Québec

1234567890 IM 9876543210

Éditions Pierre Tisseyre
ISBN 978-2-89633-174-1
11396

L'énigme de la
rose noire

Twister,
chien détecteur

ET

Éolia princesse de lumière

COLLECTION
PAPILLON

**DE LA MÊME AUTEURE
AUX ÉDITIONS PIERRE TISSEYRE**

Collection Sésame
La télévision ? Pas question !, roman, 2006.
    Sélection Communication-Jeunesse.

Collection Papillon
Les soucis de Zachary, roman, 2007.
    Sélection Communication-Jeunesse et finaliste
    aux Prix littéraires Hackmatack et Tamarack 2008-2009.

Série Twister, chien détecteur
1. *Ma rencontre avec Twister,* roman policier, 2003.
    Sélection Communication-Jeunesse.
2. *Twister, mon chien détecteur,* roman policier, 2005.
    Finaliste au Prix littéraire Hackmatack 2006-2007.
3. *Tiens bon, Twister !,* roman policier, 2006.
    Sélection Communication-Jeunesse et 2e position
    au Palmarès Livromanie 2008.
4. *Pas de retraite pour Twister,* roman policier, 2007.
    Sélection Communication-Jeunesse.
5. *Haut les pattes, Twister !,* roman policier, 2007.
    Sélection Communication-Jeunesse, finaliste
    au Prix littéraire Hackmatack 2010 et lauréat du Prix
    littéraire Tamarack 2010.
6. *Twister et la menace invisible,* roman policier, 2009.

Collection Conquêtes
L'appel du faucon, roman, 2005.
Péril à Dutch Harbor, roman, 2007.
    Sélection Communication-Jeunesse.

**Catalogage avant publication
de Bibliothèque et Archives nationales du Québec
et Bibliothèque et Archives Canada**

Thibault, Sylviane

        L'énigme de la rose noire
        (Série Twister, chien détecteur ; 7)

        (Collection Papillon ; 171. Roman policier)
        Pour les jeunes de 9 à 12 ans.

        ISBN 978-2-89633-174-1

        I. Thivierge, Claude. II. Titre III. Collection : Thibault,
        Sylviane. Série Twister. Collection : Collection Papillon
        (Éditions Pierre Tisseyre) ; 171.

PS8589.H435E54 2010   jC843'.6   C2010-941184-6
PS9589.H435E54 2010

L'énigme de la rose noire

roman policier

Sylviane Thibault

**ÉDITIONS
PIERRE TISSEYRE**
www.tisseyre.ca

9300, boul. Henri-Bourassa Ouest, bureau 220
Saint-Laurent (Québec) H4S 1L5
Téléphone : 514-335-0777 – Télécopieur : 514-335-6723
Courriel : info@edtisseyre.ca

1

Des souvenirs
trop présents

Mon père, ma mère et moi
attendons notre tour pour passer aux
douanes de l'aéroport Montréal-
Trudeau. Il me semble que nous
patientons depuis des heures. Pourtant, ça ne doit pas faire plus de
quinze minutes que nous avons quitté

l'avion. Mais il y a tellement de monde et il fait tellement chaud que ces petites minutes donnent l'impression d'être cent fois plus longues.

Au milieu de tous ces gens, je me sens bizarre. Un mélange de nervosité et d'inquiétude me noue les entrailles. Bien sûr, la chaleur ne m'aide pas, mais ce n'est pas pour ça que je suis si craintive. La dernière fois que j'ai fait la queue aux douanes, c'était au retour de notre voyage à Walt Disney World, il y a plus d'un an. Jamais je n'oublierai cette journée-là ! À ma défense, une arrestation, ça ne s'oublie pas facilement ! Encore aujourd'hui, j'ai peine à croire que mes parents et moi avions été arrêtés parce que Twister avait reniflé l'odeur de la drogue glissée dans mon sac à dos par un malfaiteur[1].

Twister, c'est mon magnifique labrador. Son pelage est noir ébène, de la même couleur que mes cheveux. Sauf que moi, je suis frisée comme

---

1. Voir *Ma rencontre avec Twister*, de la même auteure, dans la même collection.

un mouton. Nous formons une drôle de paire, tous les deux! Peu importe, j'adore mon chien, même si notre rencontre a été très particulière. Mais je ne peux pas lui en vouloir, puisqu'à l'époque, il ne faisait que son travail.

Accompagné de son maître, Jean-Guy Desrosiers, il patrouillait l'aéroport pour débusquer de la drogue ou des armes à feu que des passagers malhonnêtes tentaient de dissimuler dans leurs bagages. Twister était un des meilleurs limiers du Service des chiens détecteurs de l'Agence des services frontaliers du Canada. Malgré sa brillante feuille de route, le temps était venu pour lui de prendre sa retraite. À huit ans, il méritait bien de se reposer! C'est pourquoi, après notre mésaventure à l'aéroport, Jean-Guy m'a gentiment proposé de garder son compagnon. Sauf que Twister, ignorant totalement la signification du mot «retraite», a continué de se faire aller le museau à droite et à gauche. Résultat? Il a vécu autant d'émotions fortes depuis sa fameuse retraite que lorsqu'il était encore en service actif.

Et moi, dans tout ça? Même si j'ai parfois de la difficulté à vaincre certaines de mes peurs, comme c'est le cas en ce moment, je ne changerais rien à ce qui m'est arrivé depuis que j'ai connu Twister. On dit qu'il y a toujours deux côtés à une médaille. C'est absolument vrai, et je peux en témoigner. Chaque enquête menée en compagnie de mon labrador m'a valu son lot d'émois, mais j'en ai aussi retiré d'énormes bénéfices. Comme celui d'avoir rencontré les personnes qui sont devenues les plus chères à mon cœur.

D'abord, il y a eu Catherine, ma meilleure copine, avec qui je me suis liée d'amitié à l'école, alors que j'étais devenue populaire grâce à mon Twister. Ensuite, son grand frère, Anthony, que mon labrador a sorti d'un beau pétrin… Et que j'ai eu la surprise de retrouver cet été, entre deux courses effrénées où des vampires risquaient de planter leurs dents pointues dans mon cou! Sans oublier Vincent, qui a eu besoin du flair de mon chien pour démasquer un bandit qui menaçait de mort son père et toute sa famille.

Au moins je peux maintenant compter sur tout ce beau monde, ainsi que sur ma famille, pour me venir en aide si j'en ai besoin. D'ailleurs, Catherine, Vincent et moi formons désormais un trio inséparable, à l'image des *Trois Mousquetaires*

d'Alexandre Dumas. Quant à Anthony, il incarne notre d'Artagnan... ou du moins, le mien. Quoique, je ne sais pas trop si la mousquetaire que je suis a le droit d'être amoureuse à la fois d'un autre mousquetaire et du beau d'Artagnan... Euh... mais ça, c'est une autre histoire...

Bref, Twister m'a permis d'agrandir mon cercle d'amis. Et il m'a fait vivre l'année la plus mouvementée de toute ma vie! On aurait pu croire qu'après avoir affronté ces nombreux périls, Twister, mes camarades et moi aurions eu droit à des vacances bien méritées. Eh bien, non! Remarquez, ce n'est pas faute d'avoir essayé...

Première tentative : une escapade en camping aux États-Unis. Bien sûr, rien ne présageait que nous serions témoins d'un vol à main armée à l'épicerie du camping! Et que ma pauvre Catherine sortirait de cette mésaventure avec une jambe cassée[2]. Pour la détente au soleil, c'était raté!

---

2. Voir *Haut les pattes, Twister!*, de la même auteure, dans la même collection.

Deuxième tentative : un voyage en Europe. Mes parents et moi étions aux anges d'avoir gagné un séjour en Nénucie, un petit royaume situé entre la France, l'Italie et la Suisse. Seule ombre au tableau : Catherine et Vincent ne pouvaient pas se joindre à nous. J'étais triste de devoir m'en séparer toute une semaine, mais si c'était ce que ça prenait pour que je puisse enfin me reposer, j'étais bien prête à faire ce sacrifice. Une fois sur place, jamais je n'aurais pu prévoir que mon fidèle chien me fausserait compagnie et irait rejoindre Éolia de Massoret, rien de moins que la princesse de Nénucie[3] ! J'ai d'abord été très inquiète de sa disparition. Et j'admets qu'ensuite, j'étais jalouse que mon labrador me quitte pour aller porter secours à une autre jeune fille. Mais en bout de ligne, j'ai encore trouvé une nouvelle amie. Une Altesse Royale en chair et en os à part ça !

---

3. Voir Éolia 13 – *L'énigme de la Vif Argent*, de Fredrick D'Anterny, dans la même collection.

Ça me fait tout drôle d'être copine avec une vraie de vraie princesse, petite-fille de Fernand-Frédérik VI, roi actuel de la Nénucie. Encore qu'Éolia soit beaucoup plus qu'une Altesse. C'est une princesse de lumière qui mène des enquêtes dans l'anonymat, entre autres avec l'aide de Monsieur X – de son vrai nom, Xavier Morano –, chef des services secrets du roi. Quant aux missions, c'est l'Ambassadeur de lumière qui les transmet à Éolia. L'Ambassadeur est une espèce d'ange déguisé en clown qui visite la princesse dans ses rêves. C'est du moins ce qu'elle m'a expliqué. À bien y songer, mis à part ces rêves-enquêtes et le fait qu'elle soit membre d'une famille royale, Éolia et moi nous ressemblons énormément. Parce que moi aussi, j'ai un ange : mon Twister !

Justement, en pensant à mon labrador, je trépigne d'impatience. Pourquoi n'avançons-nous pas plus rapidement ? Quelqu'un essaie de cacher quelque chose aux douaniers, ou quoi ? Si mon chien était là, c'est sûr que ça ne tarderait pas autant ! Le ou la coupable serait piégé en moins de deux. *Allez, devant, dépêchez-vous ! J'ai hâte de voir Twister, moi !*

— Ça va, Joséphine ? me demande maman.

— Tu as l'air fébrile, tout à coup, ajoute papa en passant un bras autour de mes épaules. Tu te rappelles notre dernier retour au pays, n'est-ce pas ? C'est ça qui te tracasse ?

— Un peu, dis-je en serrant mon petit sac de voyage sur ma poitrine.

Si j'ai appris quelque chose, c'est bien de ne plus jamais transporter de sac dans mon dos. À moins qu'un jour on ne trouve le moyen d'avoir des yeux tout le tour de la tête !

— Oublie ça, maintenant ! C'est terminé, soutient ma mère d'une voix douce.

— Je sais, maman. En réalité, je m'inquiète surtout pour Twister. Sa cage a beau être confortable, j'ai peur qu'il n'ait été trop secoué dans la soute réservée aux animaux. Nous avons traversé pas mal de turbulences en revenant de Nénucie.

Papa hoche la tête.

— C'est vrai que l'avion a subi quelques secousses, mais je suis certain que notre chien est en parfaite santé. Tu connais Twister ! Il est solide comme un roc et très courageux. Ça prend beaucoup plus que quelques turbulences en avion pour le déstabiliser.

Je hausse les épaules.

— Tu as raison, mais… si sa patte n'était pas tout à fait rétablie[4] ? Et s'il s'était blessé, dans sa cage ?

— Tu l'as vu courir, en Nénucie. S'il y avait eu du danger, jamais le vétérinaire ne l'aurait laissé voyager. Allez, cesse de t'en faire, nous allons le récupérer aux bagages aussitôt que nous aurons traversé la douane.

Papa me fait une bise, puis il se retourne, scrutant attentivement la file de voyageurs devant nous. Même s'il se veut rassurant, je suis certaine

---

4. Voir *Twister et la menace invisible*, de la même auteure, dans la même collection.

que lui aussi a hâte de voir notre labrador.

Par ailleurs mon père n'a pas tort. Pourquoi m'en faire autant? Ma famille, Twister et moi revenons chez nous, au Québec. Dans moins de temps qu'il n'en faut pour crier lapin – ou Twister! –, mon toutou et moi serons réunis. Non, décidément, tout va pour le mieux. Terminées les folles aventures pour le reste de l'été!

À peine ai-je formulé cette pensée qu'une main agrippe mon épaule. Une voix masculine résonne à mes oreilles.

— Mademoiselle, j'ai besoin de vous parler. Veuillez me suivre!

La bouche ouverte, je retiens ma respiration. Oh, non! Ne me dites pas que ça recommence!

Vais-je me retrouver derrière les barreaux sans même avoir revu mon cher Twister?

2

Des voyageurs
incognito

Le cœur battant la chamade, je m'oblige à me retourner. Un homme dépassant mon père de plus d'une tête se tient devant moi, le torse bombé. Il s'en dégage une force et une prestance impressionnantes. Il est vêtu d'un complet noir, d'une chemise blanche et d'une cravate gris foncé. Soulagée, je constate que ces vêtements ne correspondent pas à l'uniforme d'un maître-chien, ni à celui d'un policier. Ça veut donc dire que je ne suis pas en état d'arrestation. Mais alors... qui est cet inconnu, et que me veut-il?

Un inconnu? Revenue de ma surprise initiale, je reconnais soudainement ce visage aux traits ciselés, ces cheveux noirs impeccablement coiffés et cette moustache lissée avec soin.

— Monsieur X! ne puis-je m'empêcher de m'exclamer.

Je n'en reviens pas! Monsieur X, colonel et chef des services secrets du roi de Nénucie, me regarde intensément, sourire en coin. Il se penche à ma hauteur, ce qui signifie qu'il doit pratiquement se plier en deux.

— Chut, Joséphine! Appelle-moi plutôt Xavier, d'accord? Je suis ici incognito, tout comme...

Monsieur X... euh... Xavier jette un œil aux alentours.

— Je ne peux pas t'en dire plus ici. Il vaudrait mieux que tu me suives.

Maman et papa s'approchent, leur instinct protecteur en alerte même s'ils ont aussi reconnu l'homme.

— Colonel, que se passe-t-il? Est-ce que quelque chose de grave s'est produit? La princesse est-elle…, commence mon père.

— Justement, il s'agit de la princesse, le coupe Xavier Morano à voix basse. Encore une fois, je ne peux pas entrer dans les détails pour le moment. Vous feriez mieux de venir avec moi.

— Mais nous devons traverser la douane, déplore ma mère.

— Ne vous en faites pas pour ça. J'ai pris les dispositions nécessaires.

Le colonel se redresse et fait signe à un autre homme, beaucoup plus petit, qui semblait n'attendre que ce signal pour s'avancer. L'agent des douanes canadiennes – qui lui, porte un uniforme bleu marine orné d'un écusson aux couleurs du Canada – s'adresse à nous.

— Venez! N'ayez crainte, tout va bien se passer.

Comment ça, tout va bien se passer? Moi qui étais nerveuse à la simple idée de traverser la douane, voilà qu'on nous dirige vers un endroit de l'aéroport que je n'ai même jamais vu. Et Dieu sait que j'en ai vu plus que je ne le voulais, l'année dernière! Heureusement que mes parents sont à mes côtés, et que Monsieur X continue de sourire, sans quoi mon imagination s'emballerait.

Nous soupçonnerait-on, mes parents et moi, d'avoir dérobé une pierre précieuse transmise de génération en génération dans la famille royale nénucienne et de l'avoir cachée dans nos bagages juste avant notre départ du palais? Impossible! Jamais la princesse ne nous suspecterait ainsi. Et puis Monsieur X a mentionné qu'il s'agissait d'Éolia, pas de nous.

Dans ce cas... des ravisseurs auraient-ils pénétré dans le château, en Nénucie, pour la kidnapper? Serait-elle maintenue prisonnière par ces affreux bandits, jusqu'à ce qu'une rançon exorbitante leur soit versée en échange de sa libération? Un coup d'État aurait-il eu lieu? Un dictateur ayant soif de pouvoir aurait-il pris la place du roi, forçant tous les Nénuciens à lui verser leur salaire si durement gagné? Dans ce cas, pourquoi faire appel à nous? Non, je sais... Le palais de Massora a entièrement brûlé à cause de je ne sais quelle défectuosité électrique et la famille royale vient trouver refuge au Québec. C'est plausible, avec ces vieux bâtiments... Ouf! Une chance que je parviens à me contrôler, sinon, j'élaborerais des scénarios vraiment catastrophiques!

Inconscient de mon tourment, l'agent des services frontaliers nous mène vers une porte qu'il tient ouverte pour nous laisser entrer. Nous pénétrons dans un vaste bureau. À part un meuble d'ordinateur, quelques classeurs, deux chaises rembourrées et

23

des images d'avions sur les murs, le bureau est vide.

— Je ne comprends pas! s'exclame mon père. Colonel, que signifie…

Papa n'a pas le temps de terminer sa phrase. Une autre porte, que je n'avais pas remarquée parce qu'elle est située tout au fond de la pièce, s'ouvre sur trois hommes vêtus de complets semblables à celui que porte Monsieur X. Mes parents et moi avons un mouvement de recul.

— Permettez-moi de vous présenter certains de mes hommes, commence le colonel d'une voix rassurante. Comme moi, ils sont chargés de la sécurité du roi de Nénucie, ou des membres de la famille royale. Vous ne m'en voudrez pas si je ne vous confie pas leur nom. L'anonymat est de loin la meilleure protection dans notre profession.

Mon père hoche la tête, les sourcils froncés, en serrant les mains que lui tendent les agents secrets. Ma mère, elle, se contente d'observer la scène, tout comme moi. Ces présentations cérémonieuses ne nous disent toujours pas ce que fabriquent ces hommes à Montréal. Je voudrais les questionner, mais sur un signe de tête de Monsieur X, les agents secrets ressortent discrètement de la pièce. À cet instant, une jeune fille entre à son tour et se dirige vers moi avec enthousiasme.

— Joséphine! Comme je suis contente de te revoir!

Stupéfaite, je reconnais la princesse Éolia, avec ses longs cheveux blonds agrémentés d'une mèche rose et ses grands yeux bleus. Contrairement aux hommes qui l'accompagnent, elle est vêtue très simplement: un jeans, un t-shirt du même rose que sa mèche fantaisiste et des espadrilles de couleur crème. Si je ne savais pas déjà qu'elle est une princesse, je ne m'en douterais jamais.

— Princesse Éolia! Je...

Éolia pouffe devant mon étonnement.

— Chut ! fait-elle, à l'instar de Monsieur X quelques minutes auparavant. Appelle-moi Lia. Je ne veux pas que les gens sachent que je suis ici. Je veux voyager incognito.

C'est une manie chez ces Nénuciens, de vouloir garder leurs déplacements secrets ! Ça me rappelle le célèbre Obélix, qui trouve qu'« ils sont fous, ces Romains ! ». Euh… sauf que dans ce cas-ci, ce sont plutôt les Nénuciens qui, à défaut d'être fous, sont pour le moins étranges.

— Vois-tu, Joséphine, la dernière fois que je suis venue à l'aéroport de Montréal, c'était en grande pompe, et en plus, j'ai dû résoudre une énigme au Salon du livre de Montréal. Je n'ai pas pu profiter de mon séjour au Québec comme je l'aurais voulu. Mais là, c'est différent. Je suis en vacances, et j'ai bien l'intention de me reposer. Tu comprends ?

Si je comprends ? Tu parles que je comprends ! Moi aussi, je rêve à de vraies vacances.

— Évidemment, dis-je. Mais Lia, ce que je ne saisis pas, c'est pourquoi tu nous as fait venir dans cette pièce…

Je jette un œil à mes parents, qui m'approuvent silencieusement.

— Oh, pardon! Je vous dois en effet des explications, avoue Éolia en s'avançant vers maman et papa pour les saluer convenablement. Par où devrais-je commencer?

— Eh bien, Votre Altesse, commencez par le commencement, l'encourage Monsieur X. C'est toujours la meilleure façon de procéder.

Décidément, il faudra que je m'habitue à voir ce géant distingué s'adresser à une jeune fille de douze ans de façon aussi solennelle. Éolia, elle, ne s'en formalise pas. Elle entreprend enfin de nous expliquer les raisons de sa présence au Québec.

— Vous devez d'abord savoir qu'officiellement, j'accompagne mon grand-père, le roi, pour un voyage qui se déroule en ce moment même à New York.

— En ce moment même? s'exclame ma mère. Mais comment est-ce poss...

Je ne laisse pas maman terminer sa phrase.

— Mélanie te remplace?

Mélanie est la copine d'Éolia. Grâce à une perruque, des faux cils et des lentilles de contact, elle devient son véritable sosie. Lors des enquêtes d'Éolia, Mélanie joue souvent son rôle. C'est sûrement ce qu'elle fait présentement, pendant que Lia se trouve juste sous nos yeux.

— Exactement, Joséphine, confirme Éolia. Pauvre elle! Il lui faudra supporter Madame Étiquette, ma gouvernante fouineuse, se désole la princesse, qui ne parvient cependant pas à cacher un demi-sourire de satisfaction. Bref, grand-père a compris que j'avais besoin d'une pause, et il m'a donné la permission de venir au Québec avec papa.

— Avec ton père?

Comme dans une pièce de théâtre orchestrée à la seconde près, le prince

Henri fait son entrée dans la pièce. Mes parents et moi nous inclinons, impressionnés de nous trouver une fois de plus devant le futur héritier du trône de Nénucie.

— Je vous en prie, re... relevez-vous, nous incite le prince, tout sourire. Je suis ici in... inco... incoco...

— Incognito ? dis-je pour venir en aide au prince victime de son bégaiement.

— Joséphine ! souffle maman en me donnant un léger coup de coude. Je ne crois pas qu'il soit de mise que tu parles comme ça au prince...

— Non, je... je vous assure, je désire que tout reste simple en... entre nous. Continue, Éolia ché... chérie, je t'ai interrompue.

Éolia regarde son père avec tendresse, avant de poursuivre :

— Où en étais-je ? Ah oui, papa est venu ici discrètement pour assister à un vernissage au Musée des beaux-arts de Montréal. La Nénucie a prêté des œuvres d'art pour une exposition qui débute demain. Il y aura à l'honneur un célèbre tableau représentant le palais royal de Massora, ainsi que nos magnifiques jardins.

— C'est moi qui... qui prends soin de toutes ces belles... fleu... fleurs, note fièrement le prince Henri. Pour rien au... au monde, je n'aurais man... manqué cette exposition.

Mes parents et moi demeurons silencieux. Tout ceci ne nous indique pas ce que nous avons à voir dans cette histoire. Éolia doit lire l'incompréhension sur nos visages, car elle ajoute :

— Eh bien, voilà. Pour nous faire pardonner votre séjour très mouvementé en Nénucie, nous avons pensé vous inviter au vernissage, demain soir. Et Joséphine, si tes parents sont d'accord, j'aimerais que toi et moi passions auparavant la journée ensemble. Nous pourrions fureter un peu à Montréal, et prendre le thé à l'hôtel Le Reine Élizabeth, où mon père et moi logeons.

Maman, papa et moi nous regardons, la bouche ouverte. Une invitation personnelle à un vernissage? Un thé en compagnie d'une princesse? Ça alors! Je ne vois pas comment nous pourrions refuser.

— Nous sommes honorés de votre invitation, et nous l'acceptons avec plaisir! déclare mon père, qui n'a pas besoin de nous consulter, maman et moi, pour savoir que nous approuvons.

— Génial! Il va sans dire que Twister est invité, lui aussi, précise Éolia. Je m'arrangerai pour qu'il puisse nous suivre partout où nous irons.

Je sursaute en entendant le nom de mon chien.

— Twister! dis-je, en proie à la panique. Maman! Papa! Il faut s'en occuper! Il doit s'ennuyer, tout seul dans sa cage!

Éolia éclate de rire.

— Ne t'emballe pas, Joséphine! J'ai une dernière surprise pour toi...

La princesse siffle brièvement. La fameuse porte arrière s'ouvre de nouveau. Mon beau labrador fait son apparition. Il marche rapidement vers moi, ce qui me confirme qu'il est en parfaite santé malgré le vol ponctué de turbulences.

— Twister ! Tu es là ! dis-je en me penchant pour flatter mon chien, qui me lèche les mains pour me montrer combien il est content de me retrouver. Merci, Lia !

— Ce n'est rien, me répond-elle, heureuse. Alors c'est parfait, Joséphine ? J'envoie un chauffeur te chercher chez toi demain, à neuf heures, et nous nous retrouverons au Reine Élizabeth.

Je tourne la tête vers mes parents, qui me signifient leur accord.

— Je serai prête !

Maman, papa, Twister et moi regardons Éolia, le prince Henri et Monsieur X quitter le bureau, après quoi nous suivons l'agent des douanes qui nous escorte vers la zone où nous pouvons récupérer nos bagages.

J'ai peine à contenir mon enthousiasme. Pour une fois, je pourrai me détendre et profiter de l'été, tout cela en compagnie de personnes issues de la royauté. J'ai hâte d'annoncer ça à Catherine et à Vincent !

3

Des nouvelles abominables

Lorsque je pénètre dans ma chambre, le soir venu, ma bonne humeur se dissipe au profit d'une immense déception. Je m'étais réjouie trop vite, car en prenant mes courriels dans ma boîte électronique, j'apprends deux nouvelles affreuses. Bon, peut-être que j'exagère. «Affreuses» n'est pas le mot qui convient. Mais ce ne sont pas des bonnes nouvelles, en tout cas! D'abord, un message de Catherine:

À: Joséphine
De: Catherine
Objet: Vacances

Salut, Joséphine!

J'espère que votre retour de Nénucie s'est bien déroulé. Si tu savais comme j'ai hâte que tu me racontes tout ce qui s'est passé là-bas! Mais je devrai patienter encore un peu. Imagine-toi donc qu'un cousin de mon père nous a invités à son chalet, dans les Laurentides! Maman, papa, Anthony (qui s'est fait un peu tirer l'oreille pour se joindre à nous), grand-maman Luce, papi et moi partons donc pour trois jours. Je vais m'ennuyer de toi, c'est certain! J'aurais tellement voulu t'attendre pour que tu viennes

aussi. Mais le cousin de papa et sa famille partent eux-mêmes en voyage après notre visite.
Alors c'était maintenant ou jamais. Enfin… avec mon plâtre et surtout, sans ma meilleure amie, je ne sais pas si je vais m'amuser beaucoup. Mais comme on dit, ça va changer le mal de place. Tu me raconteras tout à mon retour, et j'en ferai autant! Oh, Anthony fait dire qu'il te rapportera un souvenir des Laurentides! Bon, bien, je dois y aller! À très bientôt, Joséphine! Bisous à toi et à Twister,

Catherine xx

Ensuite, comme une cerise au goût amer sur un *sundae* salé, le courriel de Vincent est venu couronner le tout:

À: Joséphine
De: Vincent
Objet: Ne m'oublie pas

Allo, Joséphine!

J'ai essayé de t'appeler plus tôt dans la journée. J'espérais que votre avion aurait de l'avance, mais malheureusement, il avait du retard, d'après ce que j'ai vu dans Internet. Je dois me résoudre à t'envoyer un courriel pour t'annoncer que maman, papa, mon petit frère et moi allons emmener mes grands-parents en Gaspésie. Ils rêvaient d'y retourner depuis leur lune de miel, il y a plus de quarante ans. Nous serons partis une semaine. Je sais que ça va te paraître une éternité sans moi, mais n'aie pas peur: tu vas passer au travers! Ah, ah, ah! Sérieusement, j'avoue que moi aussi, je vais m'ennuyer de toi, Joséphine… et même de Catherine! Tu sais comme j'aime la taquiner! Chose certaine, je te rapporterai un souvenir de Gaspésie. D'accord, d'accord, à Catherine aussi, ne te fâche pas! Un nouveau carnet de notes avec une image du rocher Percé, ce sera parfait. Un rocher Percé pour notre détective en herbe qui perce des mystères,

c'est bon, non? Quant à toi, je te
garde la surprise… Et je te vois
la semaine prochaine! Flatte
Twister pour moi!

Vincent xx

En éteignant l'écran, je pousse un
profond soupir. Je reconnais bien la
sensibilité de ma Catherine. Et le sens
de l'humour de mon Vincent, qui
d'ordinaire me fait craquer. Seulement,
je n'ai pas le cœur à rire. Je me sens
très triste de savoir que je ne reverrai
pas mes amis avant plusieurs jours.
Bien sûr, je ne peux pas leur en
vouloir. C'est juste que j'aurais aimé
que nous prenions du repos tous
ensemble. J'aurais également voulu
leur présenter Éolia, mais je devrai
attendre une autre occasion.

Twister, aussi habile pour détecter
les odeurs illégales que pour deviner
mes émotions les plus profondes, se
lève du petit tapis vert de ma chambre
– son endroit de prédilection pour faire
la sieste – et vient me rejoindre.
Sentant ma mélancolie, il pose sa tête

sur mes genoux, ses grands yeux noirs compatissants rivés aux miens.

— Il va falloir nous passer de Catherine et de Vincent encore un bout de temps, mon chien. Heureusement que toi, tu es avec moi! Tu n'as plus l'intention de me fausser compagnie, n'est-ce pas? dis-je en prenant son museau entre mes mains.

Pour toute réponse, Twister me donne un petit coup de langue sur le nez. Je sais qu'ainsi, il me promet qu'il ne me quittera plus. Légèrement ragaillardie, j'entreprends d'enfiler mon pyjama et de préparer mon lit. Malgré tout, je vais m'endormir comme une bûche. D'abord parce que le voyage en Nénucie, ainsi que le trajet de retour en avion, m'ont épuisée. Ensuite, parce que j'ai très hâte à demain pour être avec Éolia. Ça me changera les idées.

Avant de me coucher, je vais dans la chambre de mes parents pour leur souhaiter bonne nuit. J'y trouve maman en train de farfouiller dans sa garde-robe.

— Qu'est-ce qu'on peut bien mettre pour un vernissage en compagnie de personnes de sang bleu ? se demande-t-elle tout haut.

— De sang bleu ? dis-je, déconcertée.

Moi qui croyais que les Nénuciens étaient étranges, j'étais pourtant loin de m'imaginer que leur sang n'était pas de la même couleur que le nôtre !

— On parle de sang bleu pour désigner des gens issus de la royauté, m'informe papa en entrant à son tour dans la chambre. Ma chérie, je suis certain que peu importe ce que tu vas porter, tu seras la plus belle femme de la soirée, ajoute-t-il à l'intention de ma mère.

Maman sourit à ce compliment.

— Flatteur, va ! Il faut quand même que je soigne ma tenue et que j'appelle ma coiffeuse pour avoir un rendez-vous demain. Veux-tu venir avec moi, Joséphine ?

Moi ? Chez la coiffeuse ? Pas question ! J'ai horreur de ça ! Mes mèches rebelles sont allergiques aux peignes et aux brosses. En plus, je passe la journée avec Éolia. Ma mère l'aurait-elle déjà oublié? Manifestement, ce vernissage la rend très fébrile. Papa vient à ma rescousse.

— Laisse donc Joséphine s'amuser avec la princesse. Elle est très bien comme elle est, de toute façon.

Maman sort sa tête de sa penderie et me regarde affectueusement.

— C'est vrai. Tu es parfaite comme tu es, confirme-t-elle en m'embrassant sur le front. Mais tu devras t'habiller proprement au vernissage, note-t-elle, connaissant mon penchant pour les jeans et les t-shirts. Tu mettras la robe de dentelle jaune que tu portais au mariage de grand-maman Luce et de papi Miron, d'accord? Et je te coifferai un peu.

Devant ma moue de déception, elle ajoute:

— Je ferai attention pour ne pas trop tirer tes cheveux!

Je n'ai pas le choix d'accepter. C'est fort peu payer pour une si belle sortie.

Après tout, une robe, ce n'est pas la fin du monde! Et puis, cette tenue m'a valu mon premier baiser. Euh... Ce n'est pas le moment de penser à ça. Mes parents sont très observateurs et ils le remarqueront tout de suite si mes joues deviennent rouges comme des tomates. Je leur souhaite bonne nuit, avant de courir me glisser sous mes couvertures, Twister à mes côtés.

En attendant le marchand de sable, je laisse mon esprit vagabonder. Je songe à Anthony et à Vincent, qui ont tous les deux promis de me rapporter un souvenir de vacances. Ces rêveries mettent un baume sur mon cœur, tout en le faisant palpiter avec plus de vigueur. Je ne sais pas si les princesses ressentent aussi ce genre d'émotions... Oserai-je le demander à Éolia, demain?

Tu traverseras le pont quand tu seras rendue à la rivière. Dors, si tu veux être en forme demain.

J'écoute la voix de ma raison. Je commence à m'endormir, au son du chant des criquets, qui parvient à mes oreilles par l'ouverture de ma fenêtre.

Et vive les vacances!

4

La rose noire
et le clown

Les criquets ont soudainement arrêté de chanter. L'atmosphère est calme… étrangement calme. Je jette un œil à la ronde. Le paysage est complètement figé. Aucun bruit, aucun mouvement. Rien.

Où suis-je ? Je ne me rappelle pas être venue jusqu'ici. Il me semble avoir déjà vu cet endroit, mais je n'arrive pas à me souvenir à quel moment. Mon esprit est tout embrouillé. J'observe les lieux avec plus d'attention pour essayer d'y voir clair.

Je me promène dans une allée bordée de grands arbres, de massifs de fleurs aux formes variées, et de luxuriantes roseraies remplies de roses rouges, jaunes, orange et roses. En principe, je devrais trouver ce jardin charmant. Pourtant, il me donne une impression macabre, comme si tout était sans vie autour de moi.

Je m'approche des massifs floraux. Je suis attirée par une rose noire, la seule et unique de cette couleur, plantée tout en haut de l'un des rosiers. Je n'en ai jamais vu de cette teinte. Je me remémore avec angoisse l'histoire d'Aurore, la princesse qui s'endort pendant cent ans après s'être piqué le doigt à un rouet. Qu'arriverait-il si une épine de cette rose noire s'enfonçait dans ma peau ? Est-ce que je m'endormirais ? Ou deviendrais-je aussi immobile que ce singulier endroit, transformée en statue de pierre?

À cette pensée, j'ai envie de fuir à toutes jambes. Une présence derrière moi m'empêche toutefois de le faire. Je sursaute, apeurée.

En me retournant, je soupire d'aise. Ce n'est que mon Twister, qui trottine lentement dans ma direction. Si je ne comprends pas comment je suis arrivée ici, je comprends encore moins de quelle façon Twister s'y est pris pour me suivre. Qu'importe, je suis heureuse qu'il soit là!

Parvenu à mes côtés, mon chien se met lui aussi à fixer l'intrigante rose. Il lève les yeux vers moi, avant de pointer son museau sur la fleur, comme s'il m'incitait à l'admirer de plus près. Je crois qu'il essaie de me dire quelque chose... mais quoi?

Malgré ma crainte, et encouragée par la présence de mon fidèle labrador, j'étire un bras et je parviens à caresser cette drôle de fleur. Stupéfaite, je constate que ses pétales sont durs et remplis de petites crevasses. La rose semble vraie, mais elle n'est en réalité que la représentation d'une véritable fleur. Je remarque qu'elle a la texture de la peinture séchée utilisée par les artistes. Devant cette constatation, j'ai un mouvement de recul. Non, c'est impossible ! Et pourtant...

Luttant contre la panique qui me gagne, je me force à revenir vers la rose. C'est vraiment incroyable ! Comme si un peintre avait dessiné cette fleur étonnante et l'avait déposée au milieu de la roseraie ! Incrédule, j'observe les autres roses. Elles ont toutes cette composition, ce mélange de dureté et de froideur. Mélange de vie... et de mort !

De plus en plus affolée, je fais quelques pas vers un mimosa, mon chien sur les talons. Je pose déli- catement les doigts sur le tronc majestueux. Encore une fois, je sens cette dureté et cette froideur, typiques des tableaux que l'on voit dans les galeries d'art, mais sans cette vie que l'on perçoit lorsqu'on les regarde de l'extérieur. Épouvantée, je retourne au milieu de l'allée. Je me trouve bel et bien dans un tableau représentant... représentant quoi, au juste ?

Je lève mon regard un peu plus loin. Un immense château domine le paysage, à une centaine de mètres. Tout à coup, je reconnais ce lieu. Je suis dans les jardins du palais royal de Massora, là où habite la famille d'Éolia. Ça alors ! Je ne comprends rien à rien. N'étions-nous pas revenus au Québec, maman, papa et moi ? Aurais-je rêvé notre arrivée à l'aéroport Montréal-Trudeau, ainsi que notre rencontre avec les services secrets, le prince et la princesse ?

— Non, tu n'as pas rêvé, lance une voix, me faisant hurler d'effroi.

Une main sur le cœur, je fais volte-face. Éolia se tient debout devant moi. Ouf ! Je respire. Non seulement parce qu'il s'agit de la princesse, mais aussi parce qu'elle est là, tout simplement. Elle parle et elle bouge, contrairement au reste du paysage.

— Tu n'as pas rêvé votre retour, Joséphine. Mais en ce moment, tu es en train de rêver, tout comme moi, ajoute la princesse, le visage sérieux.

— Comment le sais-tu? dis-je, l'esprit encore confus.

— Rappelle-toi, tu es maintenant une princesse de lumière, toi aussi. L'Ambassadeur nous a sans doute fait venir ici pour nous confier une enquête.

L'Ambassadeur de lumière? L'ange gardien de la Nénucie déguisé en clown? La situation me dépasse.

— Si c'est vrai, et que l'Ambassadeur a besoin de nous, où est-il?

Éolia ne me répond pas. Elle s'est avancée vers les rosiers et tombe en admiration devant la rose noire. Non, pas en admiration... Elle semble en fait hypnotisée par elle. Un doute horrible m'assaille. Et si je ne m'étais pas trompée, si cette fleur possédait réellement quelque maléfique pouvoir?

Je cours rejoindre la princesse et je pose la main sur son épaule. À mon grand soulagement, elle ne s'est pas transformée en statue et se retourne pour me regarder.

— C'est bizarre, murmure-t-elle. Il n'y a aucune rose noire dans nos jardins. Papa déteste cette couleur. Il devrait y avoir une rose blanche à la place de celle-ci. C'est certain, quelque chose ne va pas... C'est comme si cette rose était...

— ... un mauvais présage...., dis-je, pensive.

Éolia hoche la tête.

— Viens, Joséphine! Marchons un peu vers le palais.

Ma copine m'entraîne par un bras. Je la suis à contrecœur. Twister nous emboîte le pas. J'ai désormais l'impression d'avoir changé de conte de fées. Je suis devenue Dorothée, dans l'histoire du *Magicien d'Oz*, en route pour aller rencontrer le sorcier Oz en personne. Ne manquent que les briques jaunes sur le sentier! Sauf que je ne cherche pas Oz, mais un Ambassadeur de lumière!

— Bonjour, Éolia! Bonjour, Joséphine! Salut, mon Twister, comment vas-tu?

Un homme est penché sur mon chien pour le flatter. Il est vêtu d'un costume à carreaux multicolores, et son visage est maquillé comme celui d'une vedette de cirque. C'est lui! C'est l'Ambassadeur de lumière! Mais d'où sort-il?

— Je vous ai fait venir ici parce que je veux que vous sachiez que des événements graves auront lieu demain.

— Demain ? Mais c'est le jour du vernissage ! souligne Éolia, une note craintive dans la voix.

L'Ambassadeur ne dit mot. Il nous guide plutôt vers le rosier surmonté par la rose noire.

— Vous voyez cette fleur ? s'enquiert-il après un long moment de silence.

Difficile de la manquer ! Même Twister lève les oreilles, comme s'il répondait à l'Ambassadeur.

— Elle est là pour vous faire penser que parfois, un seul détail suffit pour résoudre une énigme.

— Je ne comprends pas, se désole Éolia. De quelle énigme parlez-vous ? Tout ce que je sais, c'est que cette rose devrait être blanche, et non noire. Papa l'a plantée là pour...

Une ombre passe sur le visage d'Éolia et elle s'arrête de parler. J'aimerais bien connaître la raison de son chagrin, mais l'instant est mal choisi pour la questionner. Je reporte mon attention sur l'Ambassadeur.

— Pouvez-vous nous donner plus de détails, Monsieur le clown ? Euh... Je veux dire, Monsieur l'Ambassadeur...

Le mystérieux ange gardien secoue la tête.

— Je ne peux pas accéder à ta requête, Joséphine. Tout ce que je peux ajouter, c'est qu'il ne faut jamais se fier aux apparences. Jamais !

L'Ambassadeur costumé nous gratifie d'un clin d'œil. Ses lèvres rouges s'étirent sur ses joues, nous adressant un sourire bienveillant. Tout à coup, son maquillage commence à couler.

— Ambassadeur ! s'exclame Éolia. Que vous arrive-t-il ? Votre visage...

— Je sais, ma chère Éolia. Ne t'en fais pas, cela veut tout simplement dire que je dois m'en aller. Vous devriez en faire autant, conseille-t-il en désignant de nouveau la rose noire.

La princesse et moi nous tournons vers la fleur. À l'image du maquillage de l'Ambassadeur, sa couleur se met à dégouliner. Les autres fleurs s'altèrent, elles aussi. Une rose rouge perd sa peinture, laissant des coulisses sanglantes sur la rose noire...

— Ambassadeur, dis-je, dégoûtée, que se passe...

La question reste prise dans ma gorge. Le clown a disparu ! Les traînées rouges se déplacent à présent sur le mur derrière la roseraie, imitant à la perfection d'impitoyables serpents traquant une proie. Des lettres se forment à leur sinistre passage. Leur progression laisse enfin apparaître un mot : *menaces*. Puis le funeste mouvement reprend, dessinant deux visages, l'un aux traits masculins, l'autre aux traits féminins. Impossible toutefois d'en distinguer davantage.

— Qu'est-ce que ça signifie ?

— Je n'en sais rien, me répond Éolia, aussi démunie que moi.

Les visages disparaissent aussi promptement qu'ils étaient apparus, tandis que la peinture continue de se répandre par terre, telle une coulée de lave multicolore menaçant de tout engloutir sur son passage.

— Nous éluciderons cela plus tard. Vite ! Il faut partir, sinon nous serons noyés dans la peinture ! m'intime la princesse, avant de se volatiliser à son tour.

Terrorisée, je pousse un cri de désespoir.

— Lia ! Ne me laisse pas ! Je ne sais pas comment sortir d'ici !

Pas de réponse... Oh, non ! Je prends Twister dans mes bras, ne sachant plus quoi faire.

Mon chien et moi sommes-nous prisonniers de ce lugubre tableau qui se désintègre ?

Serons-nous à jamais effacés de la réalité ?

5

On change de tête, puis on mène l'enquête

Je me redresse brusquement, le souffle court. J'ai l'impression d'étouffer sous un raz-de-marée gluant. Je me débats furieusement en tentant de sortir ma tête de... de... sous mon couvre-lit?

J'arrête d'un coup de me débattre. Je sens, non pas la texture collante de la peinture, mais la douceur rassurante de mes draps de coton.

Et Twister? Où est-il? J'attrape fébrilement mes lunettes, sans lesquelles je n'y vois pas à trois pas. En les déposant sur mon nez, j'appelle mon chien.

— Twister?

Au son de ma voix, mon labrador grimpe sur le lit et vient se blottir contre moi. Sa présence m'apaise aussitôt.

— J'ai eu si peur de te perdre, mon beau gros toutou d'amour!

Je souris intérieurement. Je me fais penser à grand-maman Luce, qui m'affuble toujours de surnoms de bébé, comme «mon trésor adoré au sucre d'orge et au caramel recouvert de chocolat». Je me reprends:

— Euh... Twister, tu ne me croiras jamais, mais j'étais certaine que nous étions prisonniers d'un tableau. Quel horrible cauchemar!

Mon chien m'observe attentivement, la tête penchée sur le côté. Devant son regard insistant, je me demande si j'ai effectivement rêvé, ou si...

— Twister! As-tu vu la rose noire, toi aussi? Et l'Ambassadeur de lumière? La peinture qui coulait, le mot, les visages grimaçants?

D'accord, j'en mets un peu. Ils ne grimaçaient pas. Tout de même, ils étaient effrayants. Je réprime un frisson. Évidemment, mon labrador ne peut pas me répondre. Par ailleurs, il se colle davantage et me tend une patte, comme s'il cherchait à me confirmer qu'il était bel et bien en ma compagnie dans ce rêve épouvantable. Je réfléchis quelques instants.

C'est possible, après tout... Éolia ne m'a-t-elle pas dit que ses enquêtes lui étaient envoyées sous forme de rêve? Oui, c'est ça! Plus de doute, c'est l'Ambassadeur de lumière qui nous confie une nouvelle mission! Vite! Je dois absolument voir Éolia!

Je me lève d'un bond. Je ne veux pas faire attendre le chauffeur qui doit passer me prendre. Je jette un œil à mon réveille-matin. Zut! Déjà huit heures et demie!

— Joséphine! Dépêche-toi! m'avise justement ma mère en entrant dans ma chambre en coup de vent.

Elle est munie d'un assortiment de peignes et de brosses, sans oublier ma fameuse robe jaune! Manifestement, maman n'a pas abandonné l'idée de me voir habillée et coiffée... comme une princesse!

— Pourquoi tu ne m'as pas réveillée? dis-je en faisant la moue.

— Je m'excuse, Joséphine! À cause du décalage horaire, ton père et moi étions debout à quatre heures, ce matin. Nous avons bavardé un peu, puis nous nous sommes rendormis. Je viens à peine de me relever!

Devant l'air embarrassé de ma mère, je me radoucis.

— Ce n'est pas grave.

J'hésite un peu avant d'ajouter quelque chose. Devrais-je lui parler de mon rêve? Je décide que non... Du moins, pas avant d'en savoir davantage. Pauvre maman! Je lui ai fait vivre suffisamment d'émotions fortes au cours des derniers mois, sans que j'en rajoute avec une histoire… à dormir debout!

— Allez, va te laver! me presse ma mère. Papa est en train de te préparer un sandwich au beurre d'arachides et aux bananes. Et aussi un bol de croquettes pour Twister.

Un sifflement retentit du rez-de-chaussée. C'est mon père qui appelle mon chien. Twister ne se fait pas prier et se précipite dans l'escalier. Pour ma part, je me précipite sous la douche.

Trente minutes plus tard, je suis sur le pas de la porte, pomponnée, bichonnée et parfumée. Au moins, maman a respecté sa promesse de ne pas trop me tirer les cheveux. J'en suis à rajuster ma robe lorsqu'une voiture beige apparaît au coin de la rue.

— Une limousine! s'exclame mon père avec admiration. Eh bien… Nos amis de sang royal ont beau voyager incognito, ils ne circulent pas dans n'importe quoi! Ce sont les voisins qui vont jaser! Allez, Joséphine, vas-y! Et sois sage, d'accord?

— Nous nous retrouverons au Musée des beaux-arts pour le vernissage, termine maman en souriant.

Je hoche la tête, puis j'embrasse mes parents sur les joues, tiraillée entre la culpabilité que j'éprouve à ne rien leur dire de mon cauchemar, et mon désir d'en savoir plus avant de me confier à eux. Comme d'habitude, ma curiosité l'emporte. J'attache sa laisse au collier de Twister, qui m'entraîne vers la voiture. Décidément, mon chien sera toujours aussi pressé! Et moi, toujours aussi curieuse!

Sur le siège arrière de la limousine, une surprise de taille me guette. Au lieu de m'attendre à l'hôtel Le Reine Élizabeth comme prévu, Éolia est déjà dans l'auto. Et encore, ce n'est pas ça, le plus surprenant!

Le plus saisissant, c'est qu'elle porte une perruque noire frisée comme la laine d'un mouton, ainsi que des lunettes à monture carrée, pareilles aux miennes. La seule différence, c'est qu'elles sont violettes au lieu d'être rouges. En fait, le violet de ses montures s'accorde parfaitement à la couleur de mes yeux! J'ai presque envie de lui proposer de faire un échange. Sauf que je ne verrais alors plus rien!

— Salut, Joséphine! lance Éolia pendant que je prends place à ses côtés.

Je ne sais trop comment réagir. J'ai l'impression de me trouver en compagnie d'une sœur que je n'ai jamais eue!

— Tu dois te demander pourquoi je suis déguisée, non?

— J'avoue que cette question m'a traversé l'esprit, Lia!

— L'explication est très simple! note Éolia, amusée par ma réaction. Je ne veux pas être reconnue. Je veux rester...

— ... incognito, je sais. Mais les gens ne prêteront pas attention à nous dans les magasins. Ils ne s'attendront pas à voir une princesse, alors...

— Nous n'allons pas dans les magasins, m'annonce Éolia. Nous nous dirigeons plutôt vers...

Oh, oh! Je comprends où la princesse veut en venir. Je croirais presque entendre Catherine, quand Éolia me parle de découvrir des indices et que le meilleur endroit où commencer l'enquête est...

— ... le Musée des beaux-arts!

— Nous nous y rendons tout de suite, n'est-ce pas? dis-je, bien que je connaisse déjà la réponse. Tu as rêvé, toi aussi, la nuit dernière?

— Oui, me confirme Éolia. Je suis certaine que la clé pour résoudre l'enquête que nous a confiée l'Ambassadeur se trouve dans le tableau lui-même. C'est d'ailleurs cette peinture qui sera le clou du vernissage. Le conservateur du musée de Massora sera là en personne pour la présenter aux gens de la presse. Mais avant la cohue des médias, il serait préférable d'aller jeter un œil pour voir si nous pouvons identifier des visages parmi les visiteurs. Qu'en penses-tu?

J'hésite un moment.

— Je ne sais pas, Lia. J'ai promis à mes parents d'être sage...

— Allez, Joséphine, tu brûles d'envie d'en apprendre davantage, toi aussi, m'encourage la princesse.

— D'accord, d'accord! Mais à une condition : nous observons, et c'est tout. Il ne faut courir aucun risque.

— Marché conclu! Et il n'y aura aucun danger, puisque nous ne serons pas seules.

— Bonjour, Joséphine!

Sidérée, je lève les yeux vers le conducteur, qui n'est nul autre que…

— Monsieur X!

Coiffé d'une casquette de chauffeur bleu marine, le chef des services secrets me décoche un clin d'œil par le rétroviseur. Ça alors! Je ne l'avais pas reconnu! Il faut dire qu'avec le déguisement d'Éolia, je n'avais pas vraiment pris le temps d'examiner le conducteur de la limousine.

— Tu ne crois tout de même pas que je vous laisserais mener cette enquête sans moi, j'espère? De toute façon, je devais me rendre au musée ce matin, m'apprend le colonel. Il faut que je m'assure que tout le personnel de sécurité sera sur ses gardes, ce soir. Il y a des tableaux qui valent une fortune, sans compter les autres objets d'art nénuciens, qui pourraient attirer des collectionneurs sans scrupules. Et il y a eu ces lettres...

— À quelles lettres faites-vous allusion, Monsieur X? s'enquiert Éolia.

— Des lettres de menaces qui ont été adressées au Musée des beaux-arts de Montréal, nous confie le colonel.

— Des menaces? s'exclame Lia. Comme dans notre rêve, Joséphine, tu t'en souviens?

— Bien sûr! dis-je en hochant vigoureusement la tête.

— C'est la conservatrice du Musée des beaux-arts qui en a fait part aux agents de police de la Ville de Montréal, poursuit Xavier. À leur tour, ceux-ci nous les ont transmises. Je ne vous en avais pas parlé avant, Altesse, puisque vous étiez censée être en vacances, mais tout est différent, maintenant que vous avez fait ce rêve. C'est bien la preuve que quelque chose se prépare...

— Que disent ces lettres, exactement ?

— Quelqu'un affirme vouloir dérober une œuvre d'art et gâcher le vernissage.

— Pourquoi ? s'étonne Éolia.

— Pour l'argent, peut-être...

— Ce n'est pas ce que je voulais dire, l'interrompt Éolia.

Je comprends exactement où elle voulait en venir, car je me pose la même question qu'elle. Je la formule à voix haute.

— Non, pour quelle raison une personne annoncerait-elle son intention de commettre un vol en envoyant des lettres de menaces ?

— Ce n'est pas logique ! s'emporte Lia.

— Peut-être pas, approuve le colonel. Mais la logique n'est pas toujours la principale préoccupation des malfaiteurs. Certains veulent faire un coup d'éclat, et démontrer qu'ils peuvent déjouer même les meilleurs détectives. D'un autre côté, les lettres pourraient très bien n'être qu'un canular. Les mauvais farceurs sont légion lorsque des événements de grande envergure sont organisés. Toutefois, comme vous avez reçu la visite de l'Ambassadeur la nuit dernière, il vaut mieux que nous soyons très vigilants.

Je pose une main sur la tête de Twister, qui s'est confortablement installé entre Éolia et moi. Je me détends un peu. Avec mon chien et l'imposant colonel, je me sens plus à l'aise de mener une enquête. Je n'arrive cependant pas à être entièrement rassurée.

Et si quelque chose de vraiment grave se produisait aujourd'hui, tel que l'a prédit l'Ambassadeur de lumière ? Si les lettres n'étaient pas un canular, comme le suggère Monsieur X, et que nous n'en démasquions pas l'auteur à temps ?

Tandis que je regarde le paysage défiler, je ne peux m'empêcher de me demander si je fais bien de suivre Éolia dans cette aventure.

J'imagine que je ne tarderai pas à le découvrir…

6

Une exposition mouvementée

Je suis accroupie non loin de la porte des toilettes des dames. J'attends Éolia pour que nous puissions nous rendre ensemble à la salle où sont exposées les œuvres d'art prêtées par la Nénucie au Musée des beaux-arts de Montréal.

Un homme et une femme passent devant moi. L'homme, très rondouillard, paraît sévère, alors que la dame, grande et jolie comme une vedette de cinéma, arbore une mine renfrognée et semble difficilement contenir sa colère. Ils sont tellement absorbés par leur conversation qu'ils ne me remarquent même pas. Cela me donne l'occasion d'en attraper des bribes.

— Avec ce projet, je vous ai prouvé que j'avais suffisamment de talent pour que vous exposiez mes toiles!

— Du talent, du talent. Ce que je vous ai demandé, n'importe quel artiste aurait pu le faire.

— C'est faux, et vous le savez! Vous ne pouvez pas revenir sur votre parole. Avec ce que je sais...

— Je ne vous ai rien garanti. Mais aujourd'hui, je vous garantis que si vous compromettez mes plans pour le vernissage, vous aurez de gros ennuis.

L'homme et la femme s'étant éloignés, je ne peux pas en apprendre davantage. Mais j'en ai assez entendu, en tout cas, pour vouloir garder un œil sur ces deux individus.

Lorsque Lia vient me rejoindre, je lui raconte brièvement la scène. Moi qui croyais piquer sa curiosité au plus haut point, elle m'écoute plutôt d'une oreille distraite. Elle ne cesse d'observer l'estampe dont l'employée à la porte a orné notre main pour indiquer que nous avons payé nos droits d'entrée.

— Hé, Lia ! Tu as écouté ce que je viens de te raconter ?

— Hum, hum…

— Qu'est-ce que tu as ? Relève un peu la tête, sinon tu vas entrer en collision avec des œuvres d'art !

Mon amie parvient à détourner son attention du minuscule dessin. Elle me regarde, les yeux ronds derrière ses fausses lunettes.

— Excuse-moi, Joséphine ! C'est la première fois que je paye pour visiter un musée. N'est-ce pas mignon, cette estampe sur ma peau ?

J'ouvre la bouche, mais aucun son n'en sort. J'avoue que je ne sais pas quoi répondre. Elle qui doit avoir l'habitude des plus précieux bijoux, voilà qu'Éolia s'extasie devant un tatouage temporaire des plus ordinaires imprimé à l'encre verte ! Quoique, en y pensant bien, je comprends un peu sa réaction. Des détails comme ça me paraissent anodins. Pour elle, c'est tout nouveau. Ce ne doit pas toujours être drôle d'être une princesse et de ne pas pouvoir faire comme tout le monde !

— Euh… Nous arrivons, dis-je pour changer de sujet. Tu viens ?

J'ai hâte de retrouver mon Twister, qui a pénétré dans la salle d'exposition en compagnie de Xavier Morano, il y a environ dix minutes. En principe, aucun chien n'est toléré dans le musée, mais le colonel l'a fait passer pour son chien policier, donc un membre à part entière de l'équipe de sécurité du roi de la Nénucie ! Je sais bien que ce n'est pas la vérité, mais je suis quand même très fière de mon labrador. Après tout, avec son curriculum vitæ, il pourrait vraiment protéger une famille royale ! Pour cela, il faudrait toutefois que je m'en sépare. Et il n'en est absolument pas question !

Je m'apprête à entrer dans la pièce, quand Éolia m'attrape un bras pour me retenir.

— Non ! N'y va pas tout de suite ! chuchote-t-elle.

Je fais quelques pas en arrière, soudainement inquiète.

— Qu'y a-t-il ?

— Regarde qui est avec Monsieur X ! souffle la princesse en me désignant un homme de petite taille, les cheveux en bataille, portant au cou un appareil photo numérique. Tu ne le reconnais pas ? C'est Ernest Dagota ! Dagota-pot-de-colle, si tu préfères ! Le paparazzi qui cherche toujours à me prendre en défaut pour avoir la primeur du siècle. Qu'est-ce qu'il fabrique ici ? J'étais persuadée qu'il serait à New York, en train de m'embêter... Je veux dire, en train d'embêter ma pauvre Mélanie !

Je trouve que ce n'est pas la peine d'en faire un tel plat. Le petit photographe n'a pas l'air très impressionnant. Soulagée que ce ne soit qu'un paparazzi et non un infâme bandit, mais tout de même intriguée, je fais signe à Éolia de me suivre.

— Viens, approchons-nous. Nous pourrons entendre ce qu'il raconte à Monsieur X.

Éolia et moi nous faufilons entre les nombreuses personnes qui sont déjà dans la salle, ce qui nous permet de passer inaperçues. Nous allons nous poster derrière un vase antique, à quelques mètres de l'endroit où se tiennent le colonel et le paparazzi. Quand il me voit, Twister, qui se reposait sagement aux pieds de Monsieur X, fait mine de s'avancer. Je lève discrètement une main pour lui indiquer de ne pas bouger. Obéissant, mon chien comprend mon geste et reste près du colonel.

— Allons, mon cher Morano, susurre Ernest Dagota, sourire en coin. Ne me prenez pas pour un idiot.

Si vous êtes ici, c'est que la princesse l'est également! Je sais pertinemment que le roi ne fait confiance qu'à vous pour assurer sa protection.

L'agent secret demeure impassible devant le ton sarcastique du journaliste.

— Mon cher Dagota, vous vous trompez. En effet, je suis ici sur l'ordre du roi, mais uniquement pour veiller sur les objets d'art prêtés par notre pays. La princesse Éolia est à New York, avec sa famille. Vous devriez être au courant, vous qui avez toujours le nez fourré partout. Maintenant, j'aimerais que vous me laissiez faire mon travail...

— Ça ne prend pas avec moi! le coupe brutalement Dagota. Ce n'est pas Éolia qui se trouve à New York, et j'entends bien le prouver. J'exige que vous me disiez où est la véritable princesse. Le public mérite de connaître la vérité!

— La vérité? Voyons, Dagota, vous ne sauriez pas reconnaître la vérité même si elle vous mordait! Parlant de mordre, je vous suggère de poursuivre votre chemin si vous ne voulez pas que mon chien enfonce ses crocs à un endroit qui vous empêcherait de vous asseoir pendant un sacré bout de temps!

Rouge de frustration, le photographe quitte la pièce, non sans avoir promis de revenir. Éolia et moi avons peine à retenir un fou rire en le voyant marteler de ses souliers le plancher du hall, comme un petit garçon colérique. Mais un regard de Xavier suffit pour que nous reprenions notre sérieux. Il faut éviter d'attirer l'attention sur nous, surtout avec Dagota dans les parages.

La princesse et moi allons nous glisser parmi les visiteurs postés devant le fameux tableau représentant le palais de Massora. Je reconnais l'allée, les grands arbres, ainsi que la roseraie. La peinture est magnifique, beaucoup plus que dans mon rêve. Elle a repris vie, maintenant que je n'y suis plus. Au milieu des rosiers,

vers la droite, je distingue une minuscule et unique rose blanche.

Suivant mon regard, la princesse
se penche à mon oreille.

— C'est la rose que papa a plantée
en l'honneur de ma mère, m'indique-
t-elle. À la fois belle et… inatteignable.

De nouveau, une ombre obscurcit
le regard d'Éolia. Cette fois, j'ose la
questionner.

— Tu as l'air triste, Lia. Pourquoi?

— J'aurais aimé que maman soit
là, aujourd'hui. Ça aurait tellement
plu à mon père.

— Où est-elle?

— À New York, avec mon grand-
père, mon petit frère Frédérik, et le
reste de la suite royale. Jamais elle
n'aurait manqué l'occasion de faire
les boutiques de la Cinquième Avenue
pour dénicher des robes conçues par
les plus grands couturiers. Maman
prend parfois son rôle de princesse
trop au sérieux. Elle oublie ce qui est
vraiment important! Le pire, c'est
qu'elle ne s'apercevra jamais que ce

n'est pas moi qui l'accompagne aux États-Unis. Oh, je sais qu'elle nous aime quand même, papa, Frédérik et moi. Elle nous aime, mais... à sa façon.

Je demeure silencieuse, prenant une fois de plus conscience de la chance que j'ai d'avoir une mère si présente. Même si parfois, maman voudrait me voir plus coquette et moins téméraire, nous nous entendons bien toutes les deux. Sincèrement, je suis heureuse qu'elle soit là, et mon père aussi. Mais j'y pense...

— Et le prince Henri, Lia, où est-il?

Le regard d'Éolia s'éclaircit légèrement.

— Papa sera là tout à l'heure. Il est encore à l'hôtel, en train de peaufiner son déguisement. Tu sais, il compte de nombreuses admiratrices au Québec, et il ne veut pas être reconnu, lui non plus. Que dirait maman si elle savait qu'il est ici, en ma compagnie, elle qui croit qu'il met à profit l'absence de grand-père pour s'exercer à lui succéder comme roi de la Nénucie? Je préfère ne pas l'imaginer...

L'arrivée d'un homme corpulent aux cheveux blancs ondulés empêche Éolia de terminer son récit. Il est vêtu d'un complet brun, d'une chemise beige et d'un nœud papillon brun à carreaux. Il se dirige tout droit vers Monsieur X, parlant d'une voix forte et gesticulant sans retenue. Je sursaute. C'est l'homme que j'ai vu discuter dans le corridor avec la femme élégante, un peu plus tôt! Quant à celle-ci, elle vient d'entrer à son tour et observe la scène avec intérêt.

— Alors, commence l'inconnu, tout est en ordre pour le vernissage? Les mesures de sécurité ont-elles été prises? Vous ne prévoyez aucun incident, j'espère...

— C'est le conservateur du musée de Massora, me chuchote Éolia.

— Il n'est pas très discret, je trouve.

Éolia hausse les épaules. Les visiteurs s'arrêtent pour observer le nouvel arrivant. Certains s'approchent, curieux de voir qui est cet hurluberlu qui cause tant d'émoi.

Le colonel, habitué à faire face à toutes les situations, demeure très calme devant l'agitation du conservateur.

— N'ayez crainte, Monsieur Durand. Tout est en place. L'exposition se déroulera comme prévu.

— Je l'espère pour vous, colonel!

Pas commode, le conservateur! Mais j'imagine que je ne peux pas le blâmer. Avec les menaces qui pèsent sur ce vernissage, moi aussi, je serais très nerveuse si j'étais à sa place.

— Écoutez, Monsieur Durand, je comprends votre inquiétude, réplique Monsieur X d'une voix posée. Ne vous en faites pas, les lettres de menaces sont sans aucun doute l'œuvre de plaisantins.

Le regard du conservateur durcit. Il jette un bref coup d'œil à la femme, qui se contente de le fixer, un rictus déformant son visage.

Son visage! Je me rappelle brusquement les dessins esquissés par les coulisses de peinture. L'un d'eux arborait des traits féminins... L'autre, des traits masculins... Oui, c'est ça! Ces dessins représentaient le conservateur et cette inconnue! La bouche ouverte, je me tourne vers la princesse. Je me rends compte à son expression qu'elle aussi a fait le lien avec les visages de notre rêve. Je l'entraîne discrètement à l'écart.

— Tu as vu ça, Joséphine? Ce sont eux!

— Je sais! dis-je. Que devons-nous faire, à présent? Quel rôle le conservateur et cette femme jouent-ils dans l'énigme?

— Tu m'as dit tout à l'heure que monsieur Durand avait prévenu la femme de ne pas nuire au vernissage, me rappelle Éolia, démontrant que malgré ce que je croyais, elle était très attentive à mes propos. Tu crois que c'est elle, l'auteure des lettres de menaces?

Je réfléchis quelques instants. C'est possible, après tout. Elle semblait très fâchée, et elle regrettait de ne pas voir ses tableaux exposés...

— Elle serait une artiste frustrée ? Elle voudrait...

— ... se venger du conservateur du musée de Massora, termine Éolia, comme si elle avait lu dans mes pensées. Je ne vois pas d'autre explication ! s'exclame-t-elle. Vite ! Il faut prévenir le colonel.

Un cri remplit la salle au moment même où nous nous apprêtons à aller trouver Xavier pour lui énoncer nos soupçons. Éolia et moi nous retournons à temps pour voir le conservateur bousculer l'agent secret. En furie, il se jette littéralement sur le tableau du palais de Massora, qu'il se met à détailler, les lèvres pincées.

— Oh, non ! lance-t-il soudain, affolé. Il est faux ! Ce tableau est une vulgaire copie !

— Trop tard ! souffle Éolia. Les menaces se sont réalisées. On a volé le véritable chef-d'œuvre !

Pendant quelques secondes, plus rien ne bouge dans la salle d'exposition. J'ai l'impression d'être de nouveau dans mon rêve, tellement tout est immobile. L'avertissement de l'Ambassadeur de lumière me revient en mémoire : « Il ne faut jamais se fier aux apparences ! » Voulait-il précisément nous prévenir que le tableau serait faux ? J'aimerais consulter Éolia à ce sujet, mais je n'en ai pas l'occasion. La voix d'un autre homme résonne subitement dans la pièce :

— Qui a crié ?

Malheur ! Dagota-pot-de-colle est revenu, son appareil photo à la main. Il se prépare à prendre un cliché du tableau, mais le colonel le repousse fermement.

— Pas de photo ! ordonne-t-il.

Monsieur X s'adresse ensuite à des hommes dispersés un peu partout dans la salle.

— Faites sortir les visiteurs ! Incluant celui-ci, ajoute-t-il en désignant du menton Dagota, qui se voit escorté hors de la pièce par deux armoires à glace.

Je comprends que ces hommes sont également des agents secrets. Et très efficaces, par-dessus le marché, au grand désespoir du journaliste! Éolia et moi reculons à l'extérieur à notre tour, mais nous nous plaçons de façon à pouvoir quand même observer tout ce qui se passe. Il faut absolument que nous parlions à Monsieur X!

Alors que les visiteurs continuent de sortir par petits groupes, je ne peux retenir une exclamation.

Au milieu de cette agitation, Twister est dignement assis près du tableau du palais de Massora, le poitrail bombé et les oreilles dressées! Non loin de lui, le conservateur, Monsieur X, son équipe d'agents secrets et... la femme, qui n'a toujours pas bougé, malgré l'ordre de quitter la pièce!

7

Vrai ou faux ?

Pas de doute! À moins que mon chien ne soit subitement devenu un fervent amateur d'art, il est en train de signaler qu'il a reniflé l'odeur d'un objet illégal. Ayant compris, tout comme moi, l'attitude de mon chien détecteur, Éolia me serre une main à m'en faire mal.

— Joséphine! Tu as vu Twister?
Ça veut dire…

— Ça veut dire qu'il flaire quelque
chose de suspect, oui.

— De la drogue? Une arme à feu?
m'interroge Éolia.

— Je l'ignore. D'ici, je ne peux rien
affirmer. Le pire, c'est que je ne peux
pas déterminer avec certitude sur qui
ou sur quoi Twister perçoit cette odeur.
Est-ce qu'elle provient du tableau?
De la femme? Ou bien d'un des agents
secrets? Tout de même, Twister ne
devrait pas faire de cas des hommes
de Monsieur X, puisqu'il les lui a
présentés. Mon chien sait déjà qu'ils
sont armés.

— Plus de temps à perdre, alors!
Il faut avertir le colonel!

Avant que je puisse l'en empêcher,
Éolia retourne dans la salle pour
parler au chef des services secrets. Je
veux la suivre pour la prévenir qu'elle
court peut-être un grave danger – car
si l'artiste transporte réellement une
arme, qui sait ce qu'elle pourrait en
faire? –, mais quelqu'un m'attrape

par la taille. Je pousse un cri de stupeur.

— J'étais sûr que vous étiez ici, princesse Éolia! triomphe Ernest Dagota. Vous pensiez vraiment me tromper, avec votre déguisement à deux sous? J'avais reconnu votre petite copine toute frisée, ainsi que son labrador! Et je vous ai reconnue aussi! Vous êtes enfin démasquée! Le monde entier saura que vous menez une double vie!

Je me débats furieusement, mais Dagota-pot-de-colle ne lâche pas prise. Il m'empêche de m'enfuir d'une main, et de l'autre, il saisit une mèche de mes cheveux et tire de toutes ses forces. Je lance un cri beaucoup plus fort que le premier.

En m'entendant, mon Twister se relève et se met à courir dans ma direction. Les yeux embués de larmes, de peur autant que de douleur, je le vois foncer à toute allure vers le paparazzi, la gueule ouverte et les babines retroussées, dévoilant ses crocs impressionnants.

Comprenant que mon chien vient à ma rescousse, Dagota s'éloigne et place instinctivement ses mains devant lui pour se protéger.

— Retenez cet animal! J'ai fait erreur! Je ne voulais pas vous blesser!

Avant que Twister ne saute sur Dagota, je l'attrape par le collier et j'entreprends de le calmer.

— Ça va, mon toutou, ça va! Je n'ai rien. J'ai juste... euh... mal aux cheveux.

— Dagota! Qu'est-ce qui vous prend d'attaquer cette jeune fille? s'emporte Monsieur X en rappliquant, suivi de ses hommes.

Tremblant, Dagota se confond en excuses.

— Je suis vraiment désolé, je ne voulais pas faire de mal à cette... euh... adolescente. Je... je ne comprends pas. J'étais certain qu'elle était... euh... qu'elle était...

— Laissez-moi deviner, Dagota. Vous pensiez qu'elle était la princesse Éolia! Vous voyez Notre Altesse partout, ma parole ! Vous devriez faire soigner votre paranoïa, mon vieux ! ironise Monsieur X.

Tandis que le colonel réprimande sévèrement Ernest Dagota, je tente d'apercevoir Éolia. Ouf ! Ma copine a dû se cacher, car je ne la vois nulle part. Ce fichu journaliste n'aura donc pas sa primeur aujourd'hui !

— Disparaissez, maintenant ! ordonne Xavier Morano au paparazzi. À moins que cette jeune fille désire porter plainte..., ajoute le colonel à mon intention.

— Euh... Non, je... Ça va aller pour cette fois, dis-je, retenant toujours mon Twister, qui n'apprécie pas du tout ce Dagota.

Le paparazzi ne se fait pas prier pour déguerpir. Lorsqu'il passe près de moi, je l'entends toutefois murmurer :

— Un jour, je l'aurai, ma preuve ! Ils n'ont pas fini d'entendre parler d'Ernest Dagota !

Monsieur X, son équipe d'agents secrets, Twister et moi retournons dans la salle d'exposition. Éolia surgit alors de derrière une immense statue représentant le premier souverain du royaume de Nénucie. C'est du moins ce que je peux lire sur la plaque explicative.

— Ça va, Joséphine?

— Tout va bien, je t'assure.

Je jette un œil aux alentours. Zut! Je ne trouve plus l'artiste frustrée. Il faut que je prévienne Monsieur X pour qu'il puisse l'interroger! Et si elle avait déjà pris la fuite avec le vrai tableau?

— Colonel, il faut retrouv…

— Excusez-moi, colonel, m'interrompt monsieur Durand, alors qu'il est de nouveau en train d'examiner le tableau des jardins royaux. Je suis confus, mais… il semblerait que je me sois trompé. Ce tableau n'est pas un faux. J'ai provoqué toute une esclandre pour rien. Vraiment, je ne sais comment expliquer cela. Sans doute étais-je nerveux. À moins que ce ne soit le décalage horaire…

Monsieur X fronce les sourcils.

— Cela peut arriver à tout le monde, Monsieur Durand. Je vous suggère de…

— Un instant! s'interpose Éolia. Quelque chose cloche dans ce tableau…

Le colonel et le conservateur se tournent vers la princesse. Mon amie a le nez pratiquement collé à la peinture.

— N'y touchez pas, Mademoiselle! l'avertit monsieur Durand, la voix chevrotante. La peinture est très fragile. Vous risqueriez de…

Éolia ne se préoccupe aucunement du conservateur. Elle effleure le tableau de la main. En suivant son mouvement, je me rends compte de ce qui cloche, moi aussi.

— La rose… Elle n'est pas là!

Éolia hoche vigoureusement la tête.

— Bien vu, Joséphine! Colonel, le tableau exposé ici tout à l'heure était authentique. Celui-ci est faux!

— Voyons, jeune fille! Vous divaguez! proclame monsieur Durand. Que connaissez-vous à la peinture?

En tant qu'expert, je vous assure que...

— Colonel, il devrait y avoir une rose blanche, ici, en haut de ce rosier, le coupe la princesse.

— Cette petite a entièrement raison, lance alors une voix féminine. Je le sais, parce que c'est moi qui ai peint cette copie !

8

La copie

Je n'ai pas le temps d'avertir Monsieur X du danger que représente cette dame. Lia non plus, d'ailleurs. Impuissantes, nous la voyons se diriger au milieu de la salle, puis s'arrêter non loin du tableau. Je suis légèrement rassurée par le fait que Twister ne montre aucun signe d'agressivité envers elle. Son regard est plutôt fixé sur le conservateur du Musée de Massora. D'ordinaire, mon toutou sent les malfaiteurs, et pas seulement à cause de ce qu'ils transportent. Il a un sixième sens extraordinaire, alors je m'en remets à son instinct.

— On m'a engagée pour peindre une copie du tableau du palais de Massora, poursuit la femme. Si je réussissais, on exposerait plus tard mes propres toiles. Cette reproduction devait servir pour publiciser le vernissage de ce soir. Du moins, c'est ce qu'on m'avait dit. Mais j'ai surpris une conversation qui m'a appris qu'elle servirait plutôt à commettre le vol du siècle, et ce, au nez et à la barbe des autorités. À mon corps défendant, j'étais devenue la complice d'une bande de crapules.

Le colonel et son équipe se tiennent sur leurs gardes, tout en écoutant la confession de la peintre. Certains ont même une main posée sur leur arme. J'ai du mal à avaler ma salive devant ce coup d'éclat. Éolia me jette souvent des regards à la dérobée, attendant comme moi la suite des événements.

— Quand j'ai voulu faire part de ce que je savais, on a menacé de me déclarer l'instigatrice du vol. Et puisqu'on m'avait filmée en train de peindre la copie et de la livrer, c'était ma parole contre celle des bandits. J'ai donc décidé de prendre les choses en main et d'envoyer des lettres anonymes à la conservatrice du Musée des beaux-arts de Montréal. Si je ne pouvais pas arrêter moi-même les voleurs, je pouvais au moins m'arranger pour que la sécurité soit décuplée, n'est-ce pas, Monsieur Durand? C'était une bonne idée, non?

Le conservateur pince les lèvres et tremble de colère.

— Colonel! Arrêtez cette femme immédiatement! Elle vient d'avouer qu'elle est l'auteure des lettres de menaces!

Monsieur X ne bouge pas tout de suite. Son regard se porte tour à tour sur l'artiste et le conservateur. Puis mon Twister avance de quelques pas et commence à grogner en direction de monsieur Durand. À cet instant, la lumière jaillit dans mon esprit.

— C'est vous! dis-je. C'est vous qui avez commandé la copie!

Éolia, qui a elle aussi imbriqué les pièces du casse-tête, enchaîne :

— Vous avez tout organisé! Vous vouliez créer une diversion, afin que vos complices en profitent pour s'enfuir avec la vraie peinture. Je n'ai rien vu, parce que j'étais cachée derrière la statue, mais maintenant que j'y pense, je me souviens d'avoir entendu le bruit d'une porte qui s'ouvre et qui se referme.

Tout en parlant, Éolia marche vers la statue. Je la suis de près. Soudain, derrière un paravent situé non loin de la cachette de ma copine, je distingue effectivement une sortie.

— Là! Les malfaiteurs sont sûrement passés par cette porte! Regardez, colonel, vous...

Avant que les agents ou Monsieur X puissent esquisser un seul geste, le conservateur sort un pistolet de sa poche et le braque sur nous...

9

Le tout
pour le tout

La mâchoire de Monsieur X se crispe, ses yeux se durcissent. Sans détacher son regard du conservateur du musée de Massora, il lève doucement une main vers une poche de son veston.

— À votre place, je laisserais votre arme là où elle est! siffle monsieur Durand entre ses dents. À moins que vous ne vouliez qu'une de ces jeunes filles n'en fasse les frais! menace-t-il en faisant quelques pas vers Éolia et moi.

Terrorisée par cet individu qui a tout l'air d'avoir perdu la raison, je n'ose même plus respirer. La princesse demeure figée, elle aussi. Côte à côte, nous observons le conservateur, ainsi que le canon de son arme. S'aventurera-t-il à s'en servir? À cette perspective, je me mets à trembler comme une feuille.

Mon Twister, voyant que nous sommes en péril, montre les crocs et grogne bruyamment. Les muscles de ses pattes arrière se raidissent. Je le sais prêt à bondir sur notre agresseur.

Non, Twister, non! Je t'en prie, ne bouge pas! Tu vas te faire blesser!

— Retenez ce cabot, Morano! lance le conservateur en nous attrapant de sa main libre, Éolia et moi. Et dites à vos hommes de rester sages, eux aussi, conseille-t-il en remarquant le mouvement discret des agents des services secrets, qui s'approchaient de nous.

Xavier Morano fait un signe de tête à ses collègues, qui obéissent à cet ordre silencieux en reprenant leur place. Puis il tente de raisonner le conservateur.

— Monsieur Durand ! Que vous arrive-t-il ? Vous avez toujours été si...

— Si stupide, oui ! Stupide d'avoir fait appel à cette idiote pour une copie de pacotille, crache-t-il en désignant l'artiste. Vous vous vantiez d'avoir du talent, mais vous n'êtes même pas capable de reproduire une œuvre convenablement !

Le conservateur s'arrête de parler. Son visage devient encore plus rouge.

— Vous l'avez fait exprès, n'est-ce pas ? Vous avez volontairement commis cette erreur !

Les lèvres tremblantes, la dame fixe le conservateur. Elle ouvre la bouche pour répondre, mais s'en abstient. Le conservateur ne serait pas en état d'entendre quoi que ce soit, de toute façon. Les yeux désormais dans le vide, il poursuit sa fielleuse tirade :

— Oh oui, j'ai été stupide d'avoir pris soin des objets d'art de la Nénucie à un salaire de crève-faim, sans pouvoir réaliser mon rêve d'aller sur le terrain faire de véritables fouilles archéologiques. Aux autres la gloire et la célébrité ! À moi… rien, sinon la poussière sur ces affreux artefacts ! Eh bien, plus maintenant. Plus jamais je ne m'abaisserai à des tâches aussi viles ! J'ai reçu une offre que je ne pouvais pas refuser. À défaut de gloire et de célébrité, j'aurai de l'argent. Une montagne d'argent ! On m'a offert une somme faramineuse, en échange de cette toile du palais royal de Massora !

Le bandit se met à souffler comme un taureau enragé. Il nous maintient toujours prisonnières, Éolia et moi. Nous lui servons à la fois d'otages et de paravent. Sa main libre serre fermement nos deux poignets, nous coupant la circulation sanguine.

— Et j'aurais réussi, sans la trahison de cette vipère, et surtout, sans l'intervention de ces deux fouineuses ! profère le fou furieux en nous jetant un regard mauvais. Même cet imbécile de journaliste, sans le savoir, m'a aidé. Non seulement il a distrait vos hommes, mais grâce à lui, je n'ai pas eu besoin d'inventer un prétexte pendant que mes... euh... mes associés s'emparaient du tableau et le remplaçaient par cette vulgaire reproduction. Et croyez-moi, au moment où cette astuce aurait été découverte, moi, j'aurais été loin d'ici. D'ailleurs...

Le conservateur resserre sa prise.

— D'ailleurs, il n'est pas trop tard! Vous deux, vous m'avez empêché de mener à bien mon projet, et je vais vous le faire regretter. Vous venez avec moi!

— Durand! Réfléchissez! Vous ne pouvez pas sortir d'ici! Où donc iriez-vous?

— Ça, Morano, ça ne vous regarde absolument pas! Vous reverrez les fillettes si, et seulement si j'arrive à destination sans encombre. Vous me laissez m'enfuir, sans quoi...

Le conservateur fait mine d'appuyer sur la détente de son pistolet.

— Suivez-moi, toutes les deux! nous intime-t-il. Toi, ouvre la porte! ordonne-t-il à mon intention, sans quitter Monsieur X et ses hommes des yeux.

Je suis forcée d'obéir. Alors que nous nous apprêtons à pénétrer dans le corridor, Xavier adopte une nouvelle approche.

— Libérez-les, Durand! Je vous aiderai à vous entendre avec les procureurs. Ils seront peut-être cléments et allégeront votre sentence, si vous collaborez et n'opposez aucune résistance...

— S'il vous plaît, supplie Éolia, nous devons partir. Mon grand-père, le roi, vous...

— Non! s'écrie le chef des services secrets.

Trop tard! Le bandit s'arrête net.

— Tu es... Tu es la princesse Éolia? s'étonne-t-il.

Il éclate d'un rire sadique.

— Je comprends tout, maintenant! Ah, ah, ah! La princesse de Nénucie en personne! C'est encore mieux que je ne pouvais l'espérer. Eh bien, ton grand-père sera heureux de débourser une jolie rançon pour te ravoir. C'est ce qui s'appelle faire d'une pierre deux coups, se réjouit-il en laissant nos poignets une fraction de seconde pour arracher la perruque de ma copine.

Me trouvant libre, j'en profite pour jouer le tout pour le tout. Pendant que le conservateur exhibe la perruque d'Éolia, tel un trophée, je le pousse contre le mur. Il en perd l'équilibre.

— Suis-moi, Lia! dis-je à la princesse en lui agrippant la main et en me sauvant à toutes jambes dans le corridor. Vite!

Derrière nous, j'entends le truand vociférer. Malheur! Il a réussi à se relever et se lance à nos trousses. Je suis à peine rassurée par les voix de Xavier Morano et des autres agents.

— Durand! Arrêtez ou je tire! menace le chef des services secrets du roi.

— Jamais! rétorque le conservateur. Vous ne prendrez pas le risque de blesser votre précieuse princesse ! Quant à moi, je n'hésiterai pas une seconde...

Un coup de feu retentit.

Les oreilles bourdonnantes, j'accélère la cadence, entraînant Éolia à ma suite.

— Dépêche-toi, Lia ! Par ici !

La princesse et moi parvenons à une autre porte. J'attrape la poignée en retenant ma respiration.

Pourvu qu'elle ne soit pas fermée à clé...

10

Sortez, sortez,
où que vous soyez...

À mon grand soulagement, la poignée tourne, alors qu'une deuxième détonation éclate. Éolia et moi nous précipitons à l'intérieur, refermant la porte derrière nous.

— Où sommes-nous? murmure Éolia.

— Je n'en sais rien. Peut-être que cette salle sert d'entrepôt pour une future exposition, dis-je, notant les œuvres d'art qui recouvrent le plancher.

Des coups frappés à la porte nous font sursauter.

— Ouvrez! tonne la voix du conservateur du Musée. Ouvrez ou je défonce!

Oh, non! Il a réussi à nous rejoindre. A-t-il blessé quelqu'un en tirant, tout à l'heure? Xavier Morano? Un autre agent? Mon Twister?

Je m'efforce de garder mon sang-froid, malgré ma terreur. Je pousse Éolia plus loin dans la salle. Nous nous frayons un chemin entre les statuettes, les vases et les têtes sculptées qui jonchent le sol. Dans un coin de la pièce, un énorme bouclier est posé contre un mur.

— Ici! m'indique Lia.

Nous arrivons à nous faufiler derrière le bouclier. Juste à temps, car la porte s'ouvre avec fracas.

— Sortez, sortez, où que vous soyez! lance le conservateur, digne des méchants dans les plus mauvais films à suspense. Si vous sortez maintenant, je vous laisserai partir !

Éolia et moi ne remuons pas un muscle. Nous respirons à peine. Je pince les lèvres. Lia promène ses yeux partout aux alentours, cherchant une issue. Je l'imite, mais je ne repère rien qui puisse nous être utile. Au contraire, la vue de ce qui se trouve dans la pièce m'angoisse encore plus. Un frisson me traverse tout le corps.

Des centaines de masques aux visages grimaçants recouvrent les murs. J'ai l'impression qu'une multitude de paires d'yeux m'observent cruellement. Le faible éclairage, bien qu'il serve à nous dissimuler, rend la scène encore plus sinistre.

Pendant une fraction de seconde, je me remémore un film dans lequel les objets d'un musée prennent vie. Au-dessus de nous, je distingue un masque beaucoup plus gros que les autres. Il me fait penser à un animal diabolique, ou à une gargouille, avec ses énormes cornes et sa bouche

ouverte sur des dents pointues. Je l'entends presque gronder...

— Gggggrrrrrrrrrrrrrrr...

Je ferme brièvement les yeux. Ce n'est pas le moment de laisser mon imagination faire des siennes !

— Gggggggrrrrrrrrrrrrrrrrrrrrrrr...

Cette fois, je n'ai rien imaginé. Je me mets à crier, incapable de me retenir plus longtemps.

— Twister !

Couvrant ma voix, le conservateur hurle à son tour.

— Non, non, non, noooooooon !

Un autre coup de feu retentit. D'instinct, Éolia et moi pressons nos mains sur nos oreilles. Après ce qui me semble une éternité, le silence remplit la pièce.

Est-ce que mon chien est blessé ? Ou pire encore ?

11

La bête, le prince et les belles

Je sens quelque chose se poser sur mes cheveux. La main du conservateur fou ? Oh, non ! Ça veut dire que Twister est... Je pousse un cri d'effroi.

— Chut ! Tout... tout va bien ! C'est... c'est moi, chuchote une voix d'homme.

Un inconnu aux cheveux mi-longs bruns, portant un veston de cuir, est penché au-dessus de moi. À mes côtés, Lia se lève d'un bond.

— Papa! s'écrie-t-elle en se jetant dans les bras de l'homme.

Papa? Cet homme serait... le prince de Nénucie? Je l'observe avec plus d'attention. Je le reconnais, maintenant! Il est déguisé, mais c'est bel et bien le prince Henri!

J'ai envie d'éclater de rire, tellement je suis soulagée. Seulement, je suis encore trop inquiète pour pouvoir me laisser aller complètement. Qu'est-il arrivé à Xavier, à Twister, à ses hommes... et à l'ignoble monsieur Durand? Je risque un œil dans la pièce.

J'aperçois ce dernier, retenu par Monsieur X et deux de ses agents. Il est blanc comme un fantôme. Des gouttes de sang s'échappent de son poignet droit. Twister se tient debout devant lui, toujours aux aguets.

— Empêchez cette bête de me dévorer vif! supplie le conservateur.

Mon brave toutou! Je me précipite sur lui.

— Twister !

Au son de ma voix, mon labrador arrête de gronder et accourt vers moi, la queue frétillante.

Je m'adresse à Monsieur X :

— Euh... qu'est-ce qui s'est passé ?

— Nous nous sommes lancés à la poursuite du conservateur. Il a tiré dans notre direction, ce qui nous a momentanément retardés. Mais nous l'avons pisté jusqu'ici. Quand Twister l'a aperçu, il n'a pas hésité une seconde et a foncé sur lui. Un coup de feu est parti, atteignant ce vase, termine-t-il en désignant des morceaux de verre brisé éparpillés un peu partout dans la salle. Tu peux être fière de ton chien, Joséphine ! C'est un véritable champion.

Je hoche la tête, tout en flattant affectueusement celle de Twister.

— Mais... toi, papa, que fais-tu ici ? questionne Éolia à l'intention du prince Henri, tandis que les agents escortent le bandit à l'extérieur.

— Je voulais venir admi... admirer le tableau avant la co... la cohue de ce soir. Il repré… représente beaucoup pour moi. Mais Lia, jamais je… je n'aurais cru que… que…

Le prince Henri est incapable de continuer. Je sais très bien qu'il y a plus d'une raison à son émotivité… Il serre Éolia dans ses bras.

— Quel soulagement que personne n'ait été blessé, dis-je.

Le prince Henri et Xavier baissent la tête.

— Ce n'est pas tout à fait exact, précise le colonel. Une balle a touché madame Lafrance.

— Madame Lafrance?

— L'artiste peintre qui a réalisé la copie du tableau. Quand elle a vu que monsieur Durand vous pourchassait, elle a tenté de se jeter dans ses jambes. Malheureusement, le bandit avait lu dans son jeu. Deux de mes hommes sont restés à ses côtés en attendant l'ambulance. Ils sont en train de lui prodiguer les premiers soins.

— Est-ce grave? souffle Éolia, ébranlée.

Le prince Henri et Monsieur X haussent les épaules.

— Difficile à dire. Elle a été atteinte à l'abdomen. Nous en saurons davantage à l'arrivée des ambulanciers.

Le silence envahit de nouveau la pièce. « Il ne faut jamais se fier aux apparences… » Cette phrase me tourne sans cesse dans l'esprit. Alors que je croyais cette femme coupable d'un crime, elle se trouve en fait en être la victime.

Sans doute a-t-elle commis une erreur en ne dénonçant pas tout de suite le conservateur du musée de Massora… J'espère seulement qu'elle ne paiera pas cette erreur de sa vie…

12

Thé et crème glacée
avec Leurs Majestés

Éolia, le prince Henri, mes parents et moi sommes attablés à l'un des restaurants de l'hôtel Le Reine Élizabeth pour prendre le thé. Sur la table, deux plateaux argentés à étages contiennent des canapés garnis de saumon fumé, de fromage et de fines tranches de concombres. Je dois avouer que je ne suis pas particulièrement friande de ces collations – un énorme cornet de crème glacée triple chocolat m'aurait beaucoup mieux remise de mes émotions. Mais à défaut de pain, on mange de la galette, comme disent parfois mes parents.

Tandis que je termine de boire mon thé au jasmin et que je me force à grignoter une tranche de saumon, le prince Henri achève le récit de notre mésaventure. Maman et papa me serrent encore une fois dans leurs bras. Ils ne m'ont presque pas lâchée depuis qu'ils sont arrivés en catastrophe au Musée des beaux-arts, après que le colonel les a appelés pour qu'ils viennent nous y rejoindre. Je suis chanceuse! Ils ne m'ont pas réprimandée, malgré mes cachotteries.

— Le véritable tableau a-t-il été retrouvé? s'informe ma mère.

À cet instant, Xavier Morano fait son apparition, accompagné de mon Twister. Éolia ne mentait pas quand elle a dit qu'elle s'arrangerait pour que mon chien puisse nous suivre partout, même dans ce grand hôtel.

— Mes hommes, aidés des agents de la Ville de Montréal, ont cueilli les complices de monsieur Durand à l'endroit où il leur avait donné rendez-vous. Ils ont ainsi récupéré le fruit de leur larcin. Quant au collectionneur qui avait offert une forte somme pour le tableau, d'autres agents sont en route pour lui mettre la main au collet. Monsieur Durand était persuadé qu'en fournissant tous ces renseignements, il obtiendrait un meilleur traitement de la part des tribunaux. Mais je sais de source sûre que ce ne sera pas le cas. Car en plus du vol, il a ajouté une prise d'otages et une tentative de meurtre à la liste de ses crimes. Il risque d'écoper d'une sévère peine d'emprisonnement.

— Et la femme qui a reproduit la peinture ? Comment va-t-elle ? demande papa.

— Madame Lafrance a eu beaucoup de chance, répond Xavier. Elle a été opérée et repose dans un état stable. La balle n'a touché aucun organe vital. Dans quelques jours, elle obtiendra son congé de l'hôpital et à son tour, elle fera face à la justice. Mais dans son cas, celle-ci sera plus clémente. Elle devra tout au plus purger sa sentence dans la collectivité pour ne pas avoir dénoncé tout de suite les criminels.

— Mon cher... Xa... Xavier, vous avez eu une grosse jour... journée, vous aussi. Joignez-vous à nous pour... pour le thé, propose le prince.

— Non! s'écrie subitement Éolia.

Devant les regards abasourdis de son père et du colonel, Éolia s'empresse de préciser :

— Excusez-moi, Monsieur X! Je ne veux pas vous empêcher de vous asseoir avec nous, bien au contraire. Je pensais plutôt à continuer notre célébration dans un autre endroit, si vous le voulez bien.

— Qu'as-tu en... en tête, ma ché... chérie? veut savoir le père d'Éolia.

Ma copine me décoche un clin d'œil.

— Ça, c'est une surprise. Allez, venez!

Sans plus de préambule, Lia se lève et se dirige vers la sortie du restaurant en sautillant. Intrigués, nous repoussons nos chaises et nous lui emboîtons le pas, pendant que le prince Henri insiste pour payer la facture. Mes parents, rouges de gratitude, comprennent vite qu'ils ne doivent pas tenir tête au généreux prince héritier.

Une fois dans la rue, Monsieur X me confie la laisse de Twister. Je sais que mon chien n'a jamais été très loin de moi dans toute cette histoire, mais de le tenir ainsi me fait un bien immense. Mon toutou semble aussi enthousiaste que moi, puisqu'il accélère un peu la cadence.

— Hé! Pas si vite, Twister, nous ne savons même pas où nous allons!

En guise de réponse, Éolia montre du doigt un bâtiment aux couleurs vives qui se dresse droit devant nous. Je reconnais immédiatement le logo de ma crèmerie préférée.

— Lia! Mais que...

— Je ne sais pas pour toi, Joséphine, mais moi, j'ai eu soudainement envie de manger une glace, me confie la princesse d'un air complice.

Je souris de toutes mes dents. Je suis flattée que Lia se souvienne de mon penchant pour le chocolat et la crème glacée. C'est à peine si j'ai effleuré la question lors d'une de nos conversations. D'après ce que je peux constater, Éolia a bel et bien toutes les qualités d'une princesse : elle est déjà à l'écoute de ses loyaux sujets... ou pour le moment, de ses amis !

Nous nous bousculons joyeusement pour pénétrer dans le commerce. Maman et papa choisissent un lait fouetté aux fraises, tandis que je commande mon habituel cornet triple chocolat. Bien entendu, je demande aussi une boule à la vanille pour mon Twister, qui l'a grandement mérité. Monsieur X, lui, se laisse tenter par un café glacé aromatisé au caramel.

Quand vient leur tour, Éolia et son père restent bouche bée devant la multitude de saveurs qui s'offrent à eux. Poussée par les gentilles protestations des clients qui font la file derrière elle, Lia jette finalement son dévolu sur une sucette glacée géante au citron, alors que le prince commande solennellement une glace torsadée à la framboise, généreusement trempée dans des petits bonbons multicolores.

J'ai peine à retenir un fou rire quand je vois le futur roi de Nénucie lécher avec gourmandise son cornet sucré. Il me semble presque discerner chez lui le petit garçon qu'il a dû être, avant d'avoir pleinement conscience des responsabilités qui lui incomberaient plus tard. En tout cas, il se régale autant que mon Twister, qui se pourlèche les babines après avoir avalé d'un seul coup sa gâterie.

Éolia vient enfin me rejoindre à une table, tandis que mes parents, le colonel et le prince prennent place à une autre pour bavarder comme s'ils étaient de bons vieux amis.

— Ça fait du bien, mais c'est froid ! me lance Éolia, la bouche pleine, n'ayant pas pu s'empêcher de mordre à belles dents dans sa friandise.

— Ça, tu peux le dire ! Merci, Lia, de nous avoir emmenés ici ! C'était une excellente idée !

Mon amie passe un bras autour de mes épaules et s'approche de mon oreille.

— Tu avais raison, Joséphine, me chuchote-t-elle. Il n'y a rien de tel qu'une glace pour nous remettre de nos émotions. Entre nous, je me demande si je pourrai faire changer les traditions, quand je retournerai en Nénucie... Tu crois que la crème glacée pourrait éventuellement remplacer le thé de quatre heures ?

Je jette un coup d'œil au prince Henri, qui achève de manger sa collation avec un plaisir non dissimulé.

— Je crois que tu n'auras aucune difficulté à faire accepter cette nouvelle tradition !

Lia, qui avait suivi mon regard, éclate de rire.

Épilogue

— **E**t maintenant, dignitaires de
la Nénucie, mesdames et messieurs
des médias, visiteurs et visiteuses,
voici le clou de ce vernissage, le
fameux tableau *Promenade dans les
jardins royaux* !

Des exclamations d'admiration
fusent de la foule massée dans la salle
d'exposition. La conservatrice du

Musée des beaux-arts de Montréal fait une pause pour laisser les personnes présentes s'imprégner des magnifiques couleurs utilisées par l'artiste peintre. Le tableau reproduit à merveille les jardins du palais, incluant la petite rose blanche plantée par le prince Henri. Pas de doute, cette œuvre-ci est bien l'originale.

Je cherche du regard Xavier Morano. Je l'aperçois, debout près de l'estrade sur laquelle est montée la conservatrice. À ses côtés se tient mon fidèle Twister, toujours obéissant. Dans un coin reculé de la pièce, Éolia me fait un léger signe de la main. Elle est en compagnie de son père. Tous deux ont revêtu un nouveau déguisement. Lia arbore maintenant des cheveux courts roux qui, ma foi, lui vont à ravir. Personne ne pourrait se douter que ces visiteurs sont en réalité prince et princesse. Aux yeux de tous, comme aux miens, ils sont simplement un père et sa fille venus assister à un vernissage. C'est sûrement l'une des raisons pour lesquelles Éolia semble si heureuse. Plus rien ne pourrait gâcher cet instant.

Je dois me retenir pour ne pas pouffer quand j'aperçois justement la mine déconfite d'Ernest Dagota, le paparazzi. Pauvre lui! Il est revenu ce soir dans l'espoir de découvrir une machination quelconque de la part de la princesse, mais il repartira une fois de plus bredouille.

Ce n'est pas mon cas. Pendant que nous prenions le thé au Reine Élizabeth, j'ai obtenu la permission que mes parents prennent quelques photos d'Éolia et moi. Bien sûr, j'ai promis à Lia de ne les montrer à personne, sauf à Catherine, Vincent et Anthony. Avec mon récit et les photos, ils auront aussi des souvenirs de mes « vacances ».

— Enfin, je tiens à remercier la Nénucie pour la confiance qu'elle nous accorde en nous prêtant ces magnifiques œuvres, continue la conservatrice du Musée des beaux-arts. En espérant que cela contribue à resserrer les liens qui unissent déjà nos deux pays! Mesdames et messieurs, je vous souhaite une belle visite, et une excellente fin de soirée! lance-t-elle avant de descendre de l'estrade pour aller répondre aux questions des journalistes.

Mes parents et moi en profitons pour sortir de la salle d'exposition. Éolia, le prince Henri, ainsi que Monsieur X et Twister, viennent bientôt nous rejoindre discrètement.

— Joséphine! Je ne sais pas comment te remercier, commence ma copine. Sans toi et ton chien, je n'ose pas imaginer ce qui se serait produit aujourd'hui.

— Euh... Ce... ce n'est rien, dis-je, intimidée. Je suis juste désolée que tu n'aies pas pu profiter d'un séjour plus calme au Québec, cette fois encore.

— Ce n'est que partie remise, me répond Éolia. Si papa est d'accord, j'aimerais revenir un jour...

Le prince Henri approuve silencieusement.

— Je pourrai alors te présenter à mes amis, Lia.

— J'en serai honorée, Joséphine. Mais nous devons y aller, maintenant. Notre avion décolle très tôt demain matin.

Monsieur X me tend la laisse de Twister.

— Merci encore à vous deux, réitère-t-il en m'embrassant sur la joue et en flattant mon chien.

— Au revoir, Joséphine ! À très bientôt ! s'exclame Éolia en me prenant dans ses bras, attirant Twister dans notre étreinte. Tu m'écriras, d'accord ? J'ai bien hâte de savoir ce que tes prétendants te rapporteront comme cadeaux, ajoute-t-elle tout bas, un sourire malicieux étirant les coins de sa bouche.

— À bientôt, Lia ! parviens-je à répondre, malgré la gêne qui colore mes joues.

Décidément, ma copine est une excellente détective. Pas moyen de lui cacher quoi que ce soit !

Mes parents, Twister et moi regardons partir ce trio hors du commun. Puis maman me demande :

— Tu vas bien, Joséphine ? Tu es toute rouge !

Ah non, ça suffit comme ça, les enquêtes !

— Euh... Ne t'inquiète pas, maman, je vais bien, mais...

— Mais? me presse papa.

— Je crois que j'ai vraiment besoin
de vacances!

Le mot d'Éolia

Chères lectrices, chers lecteurs,

Je suis rentrée chez moi, au palais de Massora, la tête remplie de souvenirs. Bien sûr, il y a quelques images que j'aimerais rayer de ma mémoire. Avoir une arme braquée sur soi et se faire poursuivre par un fou furieux, c'est loin d'être une partie de plaisir. Mais comme le dit Joséphine, il y a toujours des aspects positifs à chaque événement que l'on vit.

L'un de ces aspects positifs, c'est que durant notre séjour au Québec, j'ai pu passer du bon temps avec papa. Lui et moi avons oublié que nous étions de la royauté, du moins pour une soirée. Car même si je ne regrette pas d'être une princesse, il m'arrive parfois de trouver cela très lourd à porter. Alors d'être simplement moi, cela m'a fait le plus grand bien. Même si pour être naturelle, il aura fallu que je me déguise !

Un autre aspect positif, c'est que je me suis fait des amis pour la vie. Je me suis découvert plusieurs affinités avec Joséphine, et j'adore son Twister ! Quelle chance elle a d'avoir un compagnon comme lui ! Je sais que je pourrai toujours compter sur eux, comme eux pourront toujours compter sur moi. C'est ça, la véritable amitié !

Assurément, j'ai gagné beaucoup de belles choses dans cette aventure. La dernière, et non la moindre, c'est vous, chers lecteurs et lectrices ! Merci de nous avoir accompagnés, Joséphine, Twister et moi !

Je suis certaine que nous nous retrouverons très bientôt !

Lia de Nénucie

Table des matières

Sylviane Thibault

Quand mon ami Fredrick D'Anterny, auteur de la série *Éolia, princesse de lumière,* m'a proposé de faire en sorte que Twister puisse accompagner Éolia dans l'une de ses aventures, j'ai tout de suite accepté. Je voyais très bien notre champion détecteur venir à la rescousse d'une princesse en détresse ! Puis, comme le partage est à la base de toute amitié, j'ai désiré à mon tour inviter Éolia dans l'univers de Twister. Deux récits ont donc vu le jour. Vous avez entre les mains celui que j'ai écrit. J'espère qu'il saura vous plaire, tout en vous faisant découvrir de nouveaux personnages. Par ailleurs, si vous voulez connaître le récit imaginé par Fredrick et qui met en vedette Twister, lisez *L'énigme de la Vif Argent,* publié également aux Éditions Pierre Tisseyre, dans la collection Papillon.

J'ai adoré écrire ce livre et c'est pour moi un grand bonheur que de le partager avec vous. Si vous avez aimé le lire et que vous avez envie de partager à votre tour vos petits bonheurs avec moi, n'hésitez pas à m'envoyer un courriel à l'adresse suivante :

lecteurs@sylvianethibault.com.

Vous pouvez aussi visiter mon site Internet :

www.sylvianethibault.com.

Derniers titres parus dans la
Collection Papillon

Illustration: Gabrielle Grimard

Ce livre a été imprimé
sur du papier enviro 100 % recyclé.

Nombre d'arbres sauvés : 3

Ensemble, tournons la page sur le gaspillage.